文春文庫

牧水の恋

俵万智

文藝春秋

牧水の恋◎目次

牧水の恋

第一章　幾山河越え去り行かば

恋は、いつ始まるのだろうか。

明治三十九年、若山牧水は、こんな短歌を詠んだ。秋から冬にかけて作られた一連の中の作である。

うらこひしさやかに恋とならぬまにわかれて遠きさまざまの人
（「向日葵《ひぐるま》」創刊号・明治四十年一月刊）

なつかしや恋ともならでまよひゐしそのかみごろのうらさびしさの
（同）

二首とも、恋になりそうでならなかった人たちのことを心に思い描いている。あからさまな恋となることなく、別れて遠くなってしまった人たちが、なんとなく恋しく思い出される……というのが一首目。今風に言えば、友だち以上恋人未満で終わった人たち、という感じだろう。二首目は、恋にはならなかったけれど心を迷わせた昔を思い、そのなんとはなしの寂しさを懐かしんでいる。

どちらも、淡くて名づけることのできないような心を、三十一文字でそっととらえた佳品だ。そしてどちらも、過去を振り返った歌である。

なぜこの時に、こういう心境になったのだろうと考えてみる。それは「さやかな恋」の予感があったからではないだろうか。今までとは違う何かが心に芽生えたからこそ、過去を思い出し検証する。過去を見つめ直す視線が、次に向かうのは未来だ。

この年の十月九日には、親友鈴木財蔵《さいぞう》にあてた手紙で「小生に近来得意の歌が二つ有之候」として、最近の自信作を二首したためている。そのうちの一首。

恋しさに眼《まなこ》とづれば白鳥の海ゆくが見ゆ秋のまひる日

後の牧水の代表作「白鳥《しらとり》は哀《かな》しからずや空の青海のあをにも染まずただよふ」を彷《ほう》彿《ふつ》とさせる作品だ。恋しさに目を閉じれば、そこに浮かぶのは思い人の面影……と思いきや、海をゆく白鳥だという。恋しいような気持ちはあるが、対象は遠く、今はもっぱら自分の心だけが広がっている。秋の大海原をさまよう白鳥は、彼自身かもしれない。

そして十二月二日、鈴木財蔵にあてた長い手紙は、恋の始まりを匂わせる。八月生まれの牧水は満二十一歳で、早稲田大学の学生だった。

近頃はよく学校の方を怠けて居る、これも困つたもんだ、然し、君、目下の僕の生活は実に愉快だよ、或は多大の非難があるかも知れないが、然し要するに甚だ質あり量ある生活を送つてるやうな気がしてならない、若い時代《ユース》、青春時代《ユース》！　今が花だからね。自分はなるたけこの時代に多くの印象を受けておかうと念《ねが》つてをる、青年時代の回顧、それがたゞ真面目一方の学校生活ぢやあんまり花も咲くまいぢやないか！

ただ真面目に学校へ行くだけでなく、若い時代にさまざまな経験をして、感性を磨《みが》きたい、ということだろう。真面目一辺倒では「花も咲くまい」と言う。青春時代の花と言えば、恋ははずせない。続いて、こんなふうにも牧水は書く。

然し、とにかく愉快だ、自分は幸福だと思つて居る、幸福と云つても世に謂《い》ふ極めて Simple なものとは意味を異にして居るので、その間には花もあれば実もあらう、または苦い葉も枝もあるだらう。或は是を儚《はかな》い夢だと嘲り去る人があるかも知れない、夢、夢！　自分は喜んでその夢に満足する。よくこんどの手紙はいろいろな所へ火の粉が飛んで行く、危険になつた、もう止さう、まだ何だか云ひ足りない気が切《しき》りにするけれど。

要するに、好きな人ができて、言いたくてしかたがない。心に秘めたものがあることに、浮かれている。そんな恋の初期症状が、文面からあふれ出ている。自分が実感している幸福は、物理的なものや世俗的なものではなく、夢のようなもの。花や実を期待できるいっぽう、苦い葉っぱや枝もあろうと言う。それでも、種を心に宿したこと自体が幸福なのだ。花や夢にたとえる表現は、あくまで抽象的で、「恋とはそういうもの」という観念の域を出ていない。が、まったくの妄想や、恋への憧れだけでは、ここまで強い言葉は出てこないだろうとも思われる。

ちなみに、同じ手紙の終わりには、同郷の女性である日高秀子のことが記されている。この夏、宮崎に帰省した折、牧水と秀子と財蔵は日向《ひゅうが》の細島港で邂逅《かいこう》。語らいながら散歩した。小半日ばかりのことであったが、その時の強い印象を牧水は「磯の日」と呼び、何度か短歌にもしている。

海の声ほのかにきこゆ磯の日のありしをおもふそのこひしさに

（七月十日付・鈴木財蔵あて葉書）

汐の香に鬢《びん》のにほひをかよはせて鏡すずしき磯の人かな（「新声」明治三十九年九月号）

ほのかな恋情を思わせる歌だが、秀子には恋人ができたらしく、十二月二日の手紙では次のように書かれている。

日高嬢とは久しぶりであつた、君の噂なども出て、よろしくとのことだつた、何でも近いうちマリエージするんぢやないかしら、そんな口調もほのめいてゐたよ、

先ほど紹介した部分とは打って変わって、からっとした報告口調だ。結婚をほのめかされても、さほど動揺していない。秀子とのつきあいは、財蔵もふくめたオープンなものだった。ときめくことはあったかもしれないが、男女の関係には至らなかったことがわかる。「さやかに恋とならぬ」一人だったというわけだ。

さらに十二月二十六日、同じく財蔵にあてた葉書を見てみよう。

静かな夜！　寂しい夜‼　そしてまた悲しい夜、恋ひしい夜、君にもまたこんな夜があること、信ずる、燈の影でいま自分は泣き出し相な面をして何か憶つて居る、

何か？　問ふ莫《なか》れ！　それは我れ自身にも恐らくは解るまい、あゝしめやかな夜！自分は耐《へ》え切れないので、（今朝から斯んな風だつたから）先刻飛び出して行つて、財布のありつたけ飲んで来た、飲んで而して酔はず、幻はます〳〵遠く自分を誘つて行く、誘つて行く、或は今夜終夜自分を引張り廻すのかも知れない、それも可い。若し君がそんな田舎にゐなかつたのなら、我々二人は実にこの一夜を美しく過し得たであらう、と思つた、然しまた是も可いとして於かう。いゝ夜だ！

幻のような面影を追って、会いたくて切なくて恋しくて、身もだえしている牧水がいる。自分でも、自分がどういう状態なのか、測りかね、扱いかねている。飲んでも飲んでも、酔いはまわらず、その人の幻影に引っぱり廻されるばかり。受取人である財蔵もまた、恋の悩みを抱えていた。彼と思いを共有し、飲み明かしたい……そんな気持ちをぶつけるような書きっぷりだ。

ここまで高ぶった感情の奥には、具体的な女性が存在していると考えるのが自然だろう。その人の名は、小枝子《さえこ》。二人は、この年の夏、ひょんなことから出会っていた。大悟法《だいごぼう》利雄『若山牧水新研究』に、その経緯が詳しい。大悟法は、牧水の晩年の弟子であり、起居を共にした助手であり、また研究者でもある人だ。続く話は、牧水の同郷の友人である日高園助から直接聞いたという。二人は宮崎県の延岡《のべおか》中学（現・県立延岡高校）時代の文学仲間で、日高は卒業後、神戸高商に進学した。下宿先の神戸で隣家の娘と恋仲になるが、娘の母親の知るところとなり、交際を禁じられてしまう。暑中休暇で帰省していた日高が、一足遅れて帰ってきた牧水を、日向の細島港に迎えた。元気のない日高から失恋話を打ち明けられた牧水。以下は『若山牧水新研究』からの引用である。

「なんだ、そんなバカな話があるか。よし、それなら俺が神戸に行ってその母親に逢って談判して来てやる。」ということになり、早速これから船に乗って神戸に引きかえそうと言い出し、日高の方が驚いてとめてみたけれど、一たん言い出したらもう取りやめるような牧水ではなく、自分の郷里坪谷の家には帰らないまま、細島からまた船に乗って神戸に行ってしまったという。

血気盛んな牧水の一面が窺《うかが》われるエピソードだ。せっかく宮崎の港に着いたのに、そのまま引き返してしまうとは。大悟法は自分より十三歳上の牧水のことを「ちょっと親分肌の一面があり」「なかなかの世話好き」「恋愛至上論的な自由な考えを持っている」と評している。神戸の家は赤坂家といい、その親戚にあたる広島県出身の小枝子という女性と、このとき牧水は出会った。『若山牧水新研究』によると、彼女は肺結核のため、須磨の療養所に滞在していた。赤坂家は、小枝子の父である大介の弟の家、つまり叔父宅ということになり、療養先に須磨を選んだのもそのためのようだ。日高の恋愛相手は、赤坂家の長女だった。小枝子が、この日たまたま赤坂家にいたのは、病気が快方に向かって遊びに来たのか、何か相談ごとでもあったのか、と大悟法は推測する。

もし、日高が赤坂家の娘と恋に落ちなかったら。もし、牧水が神戸に引き返さなかったら。もし、小枝子がその日そこにいなかったら。どの「もし」も、充分にありえることだ。しかし、いくつかの「もし」をくぐり抜け、友人の恋を助けんがために牧水が乗りこんでいった家で、二人は出会った。小枝子は非常に美しい女性だったと、彼女を見たことのある人はみな口をそろえる。赤坂家に乗りこんだ牧水。友人日高の応援演説をし、恋愛至上論的な自説を披露したであろう牧水。情熱的で生きのいい若者の姿は、小枝子の心に強く印象づけられたことと思われる。

先ほどの「静かな夜！　寂しい夜!!　そしてまた悲しい夜、」で始まる葉書は、その出会いからほぼ半年後の十二月二十六日のもの。年が明けて一月二日から、牧水は風邪をひいていたが「でもおかげで歌は出来た、」と、一月七日付の財蔵あての葉書に書いている。そこに記された短歌。

見もしらで昨日おぼえし寂しさと相みしのちのこの寂しさと
寂しさは無間の恋の青海のそこに生ふてふ美し《ウマ》貝《カヒ》かや

あなたに出会う前に知っていた「寂しさ」というものと、あなたに出会ってからの「この寂しさ」とは、なんと違うことだろうか。一首目は、出会いによって、寂しさというものの質が変わってしまったという歌である。寂しさは漠然としたものではなく、具体的な理由のあるものとして、今心のなかに育っている。その様子を、比喩的に表現したのが二首目だ。無限に広がる恋の海。その海底で育つという美しい貝こそが、この寂しさではないだろうか、と。寂しさ自体にうっとりしているような、甘い心持ちが伝わってくる。

一首目は、文芸誌「新声」の明治四十年二月号では、次の形で発表された。

あひもみで身におぼえゐしさびしさと相見てのちのこの寂しさと

「会えなくて感じていた寂しさ」と「実際に会えた後の寂しさ」の違いを訴えている。そのどちらが、より寂しいだろうか。会えないよりは、会えたほうがいいわけだが、ひとたび会ってしまうと、会えない寂しさは一層ヒリヒリしたものになる。会えた喜びが大きければ大きいほど、また次に会うことを渇望する気持ちは強くなり、そのぶん寂しさも切実なものとなる。下の句の「相見てのちの」が「逢ひ見てののちの心にくらぶれば昔はものを思はざりけり」を連想させる。百人一首にも入っているこの権中納言敦忠の歌は、恋が成就した前後を比べているが、それと同じくらい、「会う前」と「会った後」の寂しさの質が違うということが伝わってくる。

歌や手紙を見るかぎり、二人は初対面の後に再び「会った」のではないかと思われる。ちなみに「新声」では、右の一首の前に、次のような歌が置かれていて、なんとも初々《ういうい》しい。

わがむねによき人すめり名もしらず面わもしらずただに恋ひしき

私の胸の中に佳き人が住んでいるとは、恋というものを、まことに端的に表したフレーズだ。名前も顔も知らないというのは誇張した言い方で、つまり詳しいことはわからないけれど、という意味合いだろう。まだ何も知らないけれど、なぜかひたすら恋しい、と胸に芽生《めば》えた思いを詠んでいる。

小枝子が上京し牧水と逢引きしたことが、はっきり確かめられるのは明治四十年の六月である。例によって財蔵への手紙に、十九日、と日付まで書いているし、同じところに下宿していた直井という友人の日記にも、小枝子がその日に訪問したことが記されている。二人は武蔵野を歩き、充実した時間を過ごした。

上京にあたって、小枝子は日高園助の紹介状を携《たずさ》えていたという。牧水を訪ねるには充分な理由になる。神戸で世話になっていた赤坂家の三男で庸三という若者がいて、小枝子には従弟《いとこ》にあたる。ちょうど東京で勉学に励んでおり、彼女は赤坂庸三と同じ家に下宿することになった。

以上は大悟法の綿密な調べで明らかにされたことだが、さしもの大悟法も「小枝子はどうして東京に出ることになったのだろうか？　また牧水と初めて東京で逢ったのはいつだったろうか？／私はそれについて彼女にも日高にも訊いてみたが、どちらからもはっきりした返事は得られなかった。」と、「なぜ？」と「いつ？」については詰められていない。そして六月十九日の訪問は確定として、四月六日の直井の日記に、「或いは小枝子のことかと思われる記事がちょっとあったけれどはっきりせず」このあたりの状況を総合して「彼女が牧水の下宿を初めて訪ねたのは四十年の春だと推定するのである。」と記している。

しかし、地方から大学に入る学生でもないわけで、これだけの材料で上京が「春」とする推定は、若干説得力に欠ける気がする。再会が春だとすると、これまで見てきた牧水の手紙や短歌から窺われる恋心の芽生えは、すべて初対面の印象のみから生まれたものということになる。手紙のやりとり、という可能性もあるが、それだけではない生々しさが、あふれていないだろうか。

「東京の学生さんですの？」「はい、早稲田大学の英文科、三年生です」「東京……従弟が今、おりますわ。一度、訪ねてみたいと思っていますのよ」「そういうことでしたら、ぜひご連絡ください。ご案内もうしますよ」

　神戸の赤坂家で、こんなやりとりがあったとして、牧水の存在自体が、小枝子の上京の背中を押したとは考えられないだろうか。筆まめな牧水のことだから、何度かうながす手紙を送ったかもしれない。それならば、小枝子上京の「なぜ？」の説明がつく。広島には帰りたくない事情があったとしても、だから東京に行くというのは、かなり思いきった行動だ。学生でもなく、就職でもない。あてと言えば従弟の庸三だけ。病が癒《い》えたのを機に、「しばらくの気晴らし」とでも称して、赤坂家に援助してもらい、彼女は上京したのではないだろうか。そこには、牧水の存在が、多少なりとも意識されていた。紹介状を携えていたということは、再会は上京前から、小枝子のなかでは確定していたとも言える。大悟法の質問に対して、人生の大きな節目に当たる上京の「なぜ？」が、明確に答えられなかったというのは、いくばくかの後ろめたさがあったからかもしれない。「いつ？」のほうは、記憶が曖昧になるということはあるだろうが。

その「いつ?」は、大悟法の推定より、早かったのではないかと私は思う。牧水が、神戸で小枝子と初めて会った夏、その後の帰省を終えて東京へ戻ったのが九月十六日だ。「若い時代《ユース》、青春時代《ユース》!」や「静かな夜!」の手紙が十二月。この間に小枝子は上京し、再会があったのではなかろうか。「!」だらけの手紙を書かせるほどの、なんらかの再会が。

あひもみで身におぼえゐしさびしさと相見てのちのこの寂しさと

繰り返すが、この歌の原型ができたのが一月のはじめである。短歌は、あったことそのままを詠むわけではないが、「思い」の部分は、心が感じたという点では「あったこと」だ。それが「なかったこと」だとしたら、そもそも歌は生まれない。二種類の寂しさを実感したからこそ、歌は生まれた。その寂しさの差は「会う前と会った後」である。夏の偶然の出会いだけで、これほどの寂しさを感じるというのはかなり不自然だ。東京での再会があって生まれた歌とするほうが、状況的にも心情的にも自然ではないだろうか。

上京を「春」と推定した大悟法も、同じ著作の中で次のように書いており、確証は持てなかったようだ。牧水が小枝子の年齢を初めて知ったのが節分の夜で、彼女の手にした豆の数（年の数）が自分より一つ多くて、はっとしたというエピソードを紹介しつつ、これが何年の節分かを推測するくだりである。

「追儺《ついな》の豆撒きといえば立春の前夜だから、二月の初めである。とすれば、前年の明治四十年ではまだ小枝子は上京していなかったろうと思われるし、よしや上京していたとしても、まだそういう親しい関係になっていたはずはなく、また翌四十二年ではもうおそ過ぎるから、これは明治四十一年の節分だと断定してよかろう。」（傍点俵）

　さらっと書かれているが、大悟法自身も「その頃すでに上京していた可能性」がなくはないと感じていたからこその「よしや」ではないだろうか。

　さらに、明治四十年二月一日付の財蔵あての手紙には「実際若い者の経となり緯となつて居るものは、どうしても恋だね、恋！　恋！　面白い道具だ。」と書いている。この浮かれた感じは、どうだろう。小枝子の上京が春だとすると、この時点でもまだ再会を果たしていないということになる。

　また、五月十三日、日向の工藤一二という友人から贈り物が届き、その礼状にご無沙汰を詫びる一節があるのだが、こんな記述があって注目される。

　四五日前だつたか女の画いた葉書に拙い歌か何かかきつけ君の宛名まで認めたのであつたけれど、よく見れば絵も歌もあまりに拙いので、腹が立つたから三々に破つ

てしまつた、

女が絵を描き、牧水が歌を書いた合作の絵葉書を出そうとしたが、下手くそなので破ってしまったという。小枝子がスケッチをする人であったことは、この後紹介する歌や資料にも出てくる。彼女以外に絵を描く人が、牧水の身近にいたとは考えにくく、この「女」は、おそらく小枝子だろう。すでに、そうとう親しい雰囲気ではないか。合作はもちろん、下手だから破るというのは、身内のような態度である。しつこいようだが、春の上京だとすると、ほんの短期間で、ここまで馴れた感じになっているというのは解せない。

続いて五月二十七日付の財蔵あての葉書の一節を読んでみよう。

ラブを求むるといふ文句が君の葉書の中にある、愚の至りだと思ふ、求めて得らる、ラブならば路傍の馬糞と何の選ぶところも無からうぢやないか。ラブはそんなお安いもんぢやなからうと思つてる。

強い調子のラブ論だ。ずいぶんムキになっていて、いよいよ思いが高まっていることを感じさせる。気心の知れた親友あてとはいえ、財蔵がラブを求めると軽く書いたことに対し、食ってかかるような言い方である。それほど牧水も、真剣に「ラブ」を求めていたのだろう。ラブを得たいと思ったからといって、ラブはそのへんに馬糞みたいに転がっているものではない。簡単には手に入れられないのだという覚悟のようなものが伝わってくる文面だ。

そして六月十三日付の、やはり財蔵あての手紙には、こんなくだりがある。

　女の来訪にさうまで度肝を抜かるゝやうではまだお若い、とてもいゝ詩は出来ません、今少しおひらけなさい、
　だつてその女《ヒト》は甚だ話せるね、前途多望、乞ふ子これを務めよだ、どうだい財やん。

つまり、自分は女の来訪に度肝を抜かれることなどない、というわけだ。女が男のもとを訪ねていくという行為が、当時としては度肝を抜かれてもおかしくはなかったと考えれば、小枝子の積極性が浮かび上がってもくる。

また、この日の手紙は、確実に小枝子と牧水の逢引きがあったことを示すものとして、しばしば引用される。その一節。

　十九日、晴れゝばと祈つてる、そしたら僕は一日野を彷徨う（ふ）つもりだ、一人ではな

い、が、恋でもない、美人でもない、たゞ憐れな運命の裡《うち》に住んで居るあはれな女性だと想つて、くれたまへ、麦黄ばみ水無月の雲の白く重く垂れかゝつた平野をどんな姿で歩くだらう、自ら想ふに忍びない。繰返す、恋では決して無い、僕の胸には目下一滴のつゆもないのだ。その人は写生箱を提げて行く筈、若《も》しスケツチでも出来たら送らうか、だつて甚だ上手でない。

これまで、さんざん恋について語ってきたわりには、ずいぶん腰のひけた言いようだ。たぶんまだ、相手がこの関係を恋愛と捉えてくれているか、確かな手ごたえが持てないでいるのだろう。あるいは、いよいよこの思いが引き返せないところにさしかかっているという慄《おのの》きのようなものがあったのかもしれない。

だが、聞かれてもいないのに恋ではないと繰り返せば繰り返すほど、それは恋だと言っているようなもの。しかも「美人でもない」ときた。大悟法によると、とある美人画で知られる画家に、小枝子の写真を見せたところ、「メーキャップなどせずにこれだけきれいに写っているのは、すばらしい美人といえますよ」と評したとのこと。他にも、故郷の人に小枝子のことを尋ねると、「別嬪《べっぴん》じゃったよ」と二度も言ったというエピソードがある。

つまり、小枝子は、客観的に見れば美人だった。「美人でもない」と言えば言うほど、美人だった。照れ隠しともとれるし、自分が、女性の見た目だけに惹かれているとは思いたくなかったのかもしれない。

気になるのは「憐れな運命の裡に住んで居るあはれな女性」という表現だ。小枝子は、実は大変なことを牧水に隠していた。もしかしたら、そのことを都合よくうやむやにするために、なんらかの脚色を加えた境遇を、牧水に語っていた可能性がある。

伊藤一彦『若山牧水　その親和力を読む』には、「牧水が東京の人となった小枝子を初めて本格的に歌ったと言える作品はどれか。私は『新声』六月号の三十二首の後半の作がそうであると考える。」とあり、明治四十年六月号の十三首が紹介されている。そしてこれらの作は「牧水が小枝子と一度あるいは複数回ともに過した時間を構成して歌ったもの」と推測している。非常に説得力のある論考で、このことを指摘したのは伊藤が初めてだ。

六月号というところにも注目したい。雑誌の締め切りや印刷にかかる時間を考えると、ここで詠まれているのは六月以前のできごとということになる。残された物証的には、六月十九日が「初デート認定」でも、作品的には全然「初」ではない。すでにこのような歌が詠まれているのだ。その六月号から数首を引いてみよう。

雲うごきて絵の具にのらぬ初夏をうらめしといふ眉涼しけれ

うしろ向き片頰の髪のおくれ毛を風のなぶるに何おもふ君
物おもへばつねに南の窓ぎはに針もつ君と癖知りしかな
あながちに照る日の小野はいまねども樹蔭ぞうれし君おもふには
ともすればあらぬかたのみうちまもり涙たたへし人の瞳よ
仰ぎ居ていつしか君は眼をとぢぬうぐひす色のゆく春の雲
山ざくら花のつぼみの花となる間《あひ》の生命《いのち》の恋もするかな

全体に、非常に健やかな印象のある恋歌だ。一首目。小枝子は、絵を描く人だった。先ほどの手紙にも「その人は写生箱を提げて行く筈、」とあった。これは、伊藤が一連の対象を小枝子とする論拠にもなっている。また「若しスケッチでも出来たら送らうか、だつて甚だ上手でない。」とも書いていた。上手下手を知っているということは、つまりスケッチに出かけるくらいのデートは、すでにしているといわんばかりである（現に、この一首がある）。工藤あての合作の絵葉書というのも、あった。「雲の動きが速すぎて、うまく描けませんわ」、そんなことを言って恨めしそうに初夏の風に吹かれている小枝子。「眉涼しけれ」からは、彼女の清らかな美しさが伝わってくる。

そして、美しい人は、後ろを向いても美しい。二首目、片頰の髪の後れ毛というのが、ほのかなエロティシズムを感じさせる。「何おもふ君」と気持ちはまだ手さぐり状態だ。

三首目は、室内であることが、そして「癖」などと言っているところが注目される。物思いにふけるような時には、あなたはいつも南の窓際で針仕事をする、というのだ。一度や二度では「つねに」とか「癖」とは言えないだろう。すでに二人が、かなり親密であることを窺わせる歌である。彼女のそういう一面を発見して、自分は知っているという喜びが主眼だが、愁《うれ》いに沈みがちな女性であるのが気にかかる。

四首目は「樹蔭」がキーワードだと伊藤は指摘する。後に、一人旅をする牧水が、再びこの樹蔭を詠んでいる。日の照る草原も悪くないけれど、やはりあなたを思うのなら樹蔭が一番と言う。心が通いあったと感じる瞬間が、その樹蔭にはあったのだろう。

そしてまた気になる五首目。ややもすると、あらぬほうを眺めては、その人は瞳に涙をためるという。恋愛の初期にしては、愁いの表情が多すぎやしないだろうか。

次の歌は「うぐひす色のゆく春の雲」というパステルカラーが、ふんわりとした幸せを感じさせてくれる。自然のなかで伸びやかな表情を見せ、安心しきったような彼女だ。

最後の歌は「……恋もせしかな」という過去形で私は覚えていた。後にまとめられた歌集では、そうなっている。雑誌の初出では「恋もするかな」と現在形だったとは。現在形で読むと、つぼみが花となる過程、生命がもっとも輝く時間が恋に重ねあわされて、非常に前向きな印象だ。そんな生命力にあふれた恋なのだ、という勢いを感じさせられる。

いっぽう過去形でこの歌を読んだときには、つぼみが花となるまでのほんのわずかな期間……というふうに、どちらかというと後ろ向きのイメージを持った。あれは、つかのまの恋だったよ、というマイナスのニュアンスである。そしてその花も、咲けば必ず散るというニヒリズムさえ、ちらつく。

山ざくら花のつぼみの花となる間《あひ》の生命《いのち》の恋もするかな　（「新声」明治四十年六月号）

山ざくら花のつぼみの花となる間《あひ》のいのちの恋もせしかな　（『海の声』明治四十一年）

現在形と過去形、「する」と「せし」、ほんの二文字の違いだが、一首が与える印象は非常に異なる。そしてそれは、発表時の牧水の気分とリンクしているはずだ。

漢字について伊藤一彦は、「牧水は『いのち』の語を強調する時に『生命《いのち》』の表記をしており、『生命の恋』とは全身全霊の恋愛ということであろう。」と書いている（前掲書）。すると後に、生命を「いのち」と平仮名に変更したことも、牧水の心の変化であり、強調はいらないという思いを暗示する。気分が盛りあがっている時と、振り返った時のテンションの違いが、興味深い推敲だ。

小枝子との武蔵野彷徨は、彼女への思いをより確かなものにしただろう。また、そのように一日を自分と過ごしてくれるからにはと、恋の手ごたえを感じても無理はない。再び『若山牧水新研究』を開き、その後の牧水を追ってみよう。

この手紙に書かれた六月十九日に彼女と武蔵野を歩いたことを、私は前記の直井の日記によって確認することが出来た。そして牧水は、それから三日後の六月二十二日には暑中休暇で帰省の途についている。

この時、牧水は神戸まで直井と同行、そこからは一人となって初めて中国地方各地を旅行した。それまでの牧水は、国木田独歩に傾倒し愛読するその『武蔵野』をふところにしてしきりに武蔵野のあちこちを歩く一二泊程度の小旅行はやっていたけれど、ほんとうの旅らしい旅はこれが初めてだった。（中略）

まず岡山で一泊、それから高梁川《たかはしがわ》の渓谷をずっと遡り、岡山県から広島県に入ったが、その県境あたりで

けふもまたこころの鉦《かね》をうち鳴《なら》しうち鳴しつつあくがれて行く

幾山河《いくやまかは》越えさりゆかば寂しさのはてなむ国ぞけふも旅ゆく

という歌を作っている。

武蔵野は、いわば牧水のテリトリーだったことがわかる。そこに小枝子を連れ出せたことは、このうえない喜びだっただろう。そしてその三日後に、故郷宮崎への帰省の途についたとなると、後ろ髪ひかれる思いでいっぱいだったはずだ。同行者の直井は、神戸から船で日向の細島港へ向かった。これが当時のごく普通のルートである。しかし牧水は、そうはしなかった。鉄道と徒歩で、中国地方を旅することを選んだ。高揚する気分を保ちつつ、自分自身を見つめ直したかったのだろうか。背景には、小枝子の故郷を見てみたいという気持ちがあったのではないかとも思われる。この時点で、彼女が広島の出身であることを、牧水が知っていたかどうかは定かではない。が、かなりの時間をともに過ごし、語らうなかで、互いの生まれ故郷の話が出たとしても不思議ではないだろう。ここで詠まれた歌たちの、感極まったようなスケールの大きさは、彼女が生まれた場所にいるという興奮が、よき影響を及ぼしているように見える。

けふもまたこころの鉦《かね》をうち鳴らしうち鳴らしつつあくがれて行く

（「新声」明治四十年八月号）

うち鳴らし、と言った直後にもう一度、うち鳴らしつつ、とたたみかける間合いは、牧水ならではのもの。自らを励まし、鼓舞する鉦のリズムが、読む者の心にも響きわたってくる。

「あくがれ」は、現在よく使われる意味での「憧れ（気高いものに心が惹かれる）」よりは、より原義に近い「（何かにさそわれて）魂が肉体から離れ出る」感じだろう。見てきた背景を考えれば、思い人の面影を追って、自分自身を励ましつつ行くと、恋する心がさまよい出るという歌である。

幾山河越え去り行かば寂しさの果てなむ国ぞ今日も旅ゆく　（同）

これまでの恋の歌にも、たびたび登場してきた「寂しさ」。どれだけの山とどれだけの河を越えて行ったら、この寂しさの終わる国があるというのだろうか……。「国ぞ」と、強くそれを求めているように見せた直後、今日もまた旅を続けるのだと、穏やかに着地している。まるで、そんな国などないということを知っているかのように。それでも恋の旅は、続けなくてはいられないのである。

一首の、まことに骨太な感じは、現実に渓谷を行くなどして、肉体的な旅の実感の裏づけがあるためだろう。森脇一夫『若山牧水研究―別離研究編―』によると「少なくも百数十㎞の道のりを歩いたことは確か」だという。加えて、とめどなく湧きあがる寂しさも、このときの牧水にとっては、まことにリアルなものだった。

この二首は、牧水の代表作として名高く、多くの人に愛誦《あいしょう》されている。歌の生まれた背景を離れて、人生という旅の遥かさ、生きることそのものの寂しさを、訴えてくるからだ。読む者が、それぞれの人生を重ね、寂しさを思い、味わうとき、歌はその人のものとなる。個に徹してこそ普遍性は生まれるのだということを、みごとなまでに体現した二首である。あまりに知られた歌なので、むしろ、このような恋の歌として詠まれたということのほうが、読者を驚かせるかもしれない。

この二首は、「新声」八月号に発表されたが、同じ一連に次の歌も見える。

海見ても雲あふぎてもあはれ吾が思ひはかへる同じ樹蔭《こかげ》に

あの武蔵野の樹蔭である。何をしていても、どこにいても、ふと気がつけば、二人で語らったあの樹蔭へと、心はあくがれ出づるのだった。

第二章　白鳥は哀しからずや

明治四十年、暑中休暇を終えた牧水は、九月に東京へ戻った。小枝子と二人で武蔵野を散策した日から、およそ三か月のブランク。一刻も早く、彼女に会いたかっただろう。当時の様子を、大悟法利雄『若山牧水新研究』に教えてもらおう。

九月に上京した牧水は、まもなく牛込原町二丁目五十九番地に引き越した。専念寺という小さな寺の離れで、四畳半二間きり、そこもやはり直井との同宿生活であった。寺の境内のその小さな離れには時おり小枝子の姿が現われた。彼女一人のこともあったが、従弟が一緒のこともあった。従弟というのは日高の恋人の弟で赤坂庸三、つまり彼女の父大介の弟吉六の三男で、父が事業に失敗したあと上京して苦学していたが、小枝子は上京するとその従弟と同じ家に下宿していたのである。親切な牧水はその二人を何かと世話してやり、時にはなけなしの財布の底をはたいて豚カツなど御馳走してやったとは庸三が私に語ってくれたことで、彼はそういう牧水によくなつき、また尊敬もしていた。

なかなか、いい雰囲気である。当時の手紙類を見ると、牧水が学費の工面で相当苦労していた様子が窺える。豚カツのエピソードは、精いっぱいいいところを見せようとがんばっているようで、涙ぐましい。庸三は、牧水より三歳下だった。

暑中休暇のあいだ、さらに熟成された小枝子への思い。同じ東京にいて、たびたび会えるのだから、恋の成就はもう時間の問題のように見える。

この年の「詩人」という雑誌の十月号に「夜のうた」と題する十五首の連作を、牧水は発表した。月夜を詠んだ助走のような五首を経て、六首目からは小枝子を詠んだと思われる歌がずらりと並ぶ。

白昼《ひる》のごと戸の面月の明う照るここ夜《よる》の国君と寝《ぬ》るなり
明月や君とそひねのままにして氷らぬものか温き身は
君睡《ぬ》れば灯の照るかぎりしづやかに世は匂ふなりたちばなの花
寝すがたはねたし起すもまたつらしとつおいつして虫を聴くかな
ふと虫の鳴く音たゆればおどろきて君見る君は美しう睡《ぬ》る

君睡るや枕のうへに摘まれ来し秋の花ぞと灯は匂やかに
美しうねむれる前にむかひゐて長き夜哀《かな》し戸に月や見む
月の夜や君つつましうねてさめず戸の面の木立風真白なり
この寝顔或日泣きもしすねもしぬこよひ斯くねてわれに添へれど
をみなとはよく睡るものよ雨しげき虫の鳴く音にゆめひとつ見ず

「寝る」「そひね」「寝すがた」「寝顔」などという語だけを見て、これはいよいよ二人は結ばれたか！　と考えるのは早計だ。まずは伊藤一彦『若山牧水　その親和力を読む』の意見に耳を傾けてみよう。

この一連、「君と寝る」と言い「そひね」している歌である。二人は同衾《どうきん》し性的関係を結んだと常識的には考えるところだが、これらの歌を見るかぎり牧水は文字通り彼女のそばに寄り添って寝ただけと理解するのが順当であろう。そして、そう理解してこそこの一連の味わいがある。美しく眠っている恋人を目の前にしての、まさに「とつおいつ」の恋心がういういしく魅力的ではないか。彼女が性的関係をいまだ望んでいなかったことが背景に想像される。若い牧水に性欲がないわけではない。彼女と触れ合いたい気持をもちつつ、彼女に対する一方的な行為を牧水は望まなかったのだ。

いかがだろうか。「いやいやいや、そうは言っても若い男女が、互いに惹かれあって、何回もデートして、男の部屋に夜遅くまで女がいて、ただの添い寝とか、ありえん！」と思う人も多いだろう。だから伊藤も「常識的には」と、わざわざ書いている。私も、「常識的にはありえん派」ではあるが、このケースに関しては伊藤説に賛成だ。伊藤は、ここで何もなかったからこそ、後に二人が千葉県の根本海岸で結ばれた時に絶唱が生まれたのだと強調する。確かに、トーンの違いは明白だ。

それに加えて、私が「何もなかった」と思う一番大きな理由は、作品そのものにある。一連では、女の寝ている姿ばかりが詠まれている。なんだか不自然なまでに。これはどういうことだろうか。

互いに心は惹かれあっている。だからつい遅くまで長居してしまう。そんな中、若い牧水が、なんとなく怪しからん雰囲気を持ちはじめたとしたら、どう拒むのが有効か考えてみよう。あからさまに抵抗するのは、気まずい。嫌いな相手では、ないのだから。いよいよ怪しくなる一歩手前で察知して「少し疲れましたわ。横になっても、いいかしら」などと言って、さっさと寝てしまう……これが小枝子のとった作戦だったのではないだろうか。

眠っている人には、手を出しにくい。疲れているのに無理やりなんて、とんでもない。まだ二十歳そこそこの牧水、そして心から小枝子を大事に思う牧水である。とりあえず肌を合わせてしまえば何とかなる、といった強引な発想はなかっただろう。無防備に（本当は防備しているのだが）自分を信じきっているその美しい寝顔を見つめて、できるのは歌を詠むことくらいである。そんな視点から「夜のうた」を、あらためて読んでみよう。

白昼《ひる》のごと戸の面月の明う照るここ夜《よ》の国君と寝《ぬ》るなり

白昼のように月光で明るく照らされる部屋。君は、すでに寝ている。自分も横になってはいるが、とても眠ることはできない。「ここ夜の国」という表現は、現実感に乏しく、どこか童話の世界のようでもある。

明月や君とそひねのままにして氷らぬものか温き身は

続く歌も、童話のような雰囲気を引きずっている。しかたなく添い寝していると、月光の力で、あなたの体が凍ってしまうのではないか、そんな感覚が襲ってくる。眠れる森の美女のようだ。

君睡《ぬ》れば灯の照るかぎりしづやかに世は匂ふなりたちばなの花

君が眠ると「たちばなの花」が匂うというのは、古今集の「五月待つ花橘の香をかげば昔の人の袖の香ぞする」を彷彿とさせる。王朝絵巻の恋のようだ。現実に橘があったとは思われず、イメージ先行の歌であろう。

　寝すがたはねたし起すもまたつらしとつおいつして虫を聴くかな

寝すがたは妬ましい、かといって起こすのは気の毒だ……悶々《もんもん》とする牧水。「とつおいつ」とは「あれこれ思って決心がつかないさま」を言う。そしてただ、虫の音を聴いているのである。

　ふと虫の鳴く音たゆればおどろきて君見る君は美しう睡《ぬ》る

虫の音が、ふと絶える。今まで聞こえていた音がしなくなって、その静寂に逆にハッとするという歌だ。繊細な感覚で、いかにも秋の夜更けらしい。で、君のほうを見ると、やっぱり「美しう」寝ているばかりである。しみじみと見つめる視線が、静寂のなかで、ひときわ物悲しい。

　君睡るや枕のうへに摘まれ来し秋の花ぞと灯は匂やかに

その寝姿は、まるで摘まれてきた可憐な秋の花のようだ。匂やかに照らす灯が悩ましい。

　美しうねむれる前にむかひゐて長き夜哀《かな》し戸に月や見む

なすすべもなく、見守るだけの夜は長い。ついに「長き夜哀《かな》し」という本音が出る。しかたなく、外に月でも見にいくか、そんなことを考えている。

　月の夜や君つつましうねてさめず戸の面の木立風真白なり

君は、つつましく寝ているばかりで「ねてさめず」の状態だ。戸外に出て月明かりに木立を眺めれば、秋風がそこを通り過ぎてゆく。この歌については斎藤茂吉が「アララギ」（明治四十三年六月号）の合評で、次のように述べている。

　二人の濃やかな甘いささめ言もいよいよ細くなつて、女はすやすやと寝入つた。安心して慎ましやかに寝て居る。男はまだ眠られない。過去のおもひ出や来ん時の万感など、こもごも胸を来往する処である。女が如何にもつつましう安心して寝て居るのに、男がなほ眠られない。その男の心持、これが価値のある処であつて、生命はここにある。この作の内容は決して無意義ではない（或は一首の意味は、男が月夜に外出から帰つて来た時のことでもあるか、さすれば評に幾分の変更があるだらう）。

　処が、男が眠られないで居る処は善いとして、『君つつましうねてさめず』で見ると、不安や厭気やの心持では無くして、甚だ甘い心持の表はれの様に感ずる。それなら、嬉しくて眠られないのか、さうではあるまい。茲《ここ》に於て、男の眠られないのは如何なる為か分からなくなる。それが分からなければ一首の統一した感情を感受する事が出来ない。その眠られない理由が是非幾分なりとも、観照者の胸に共鳴の出来る程度に於て『ねてさめず』の句と密接に相関して表現されてあらねばならぬ筈なのに、それがない。

茂吉はものすごく苛立っている。なぜ男が眠れないでいるのか。「それが分からなければ一首の統一した感情を感受する事が出来ない。」とまで言う。明治四十三年六月号ということを考えると、評言は、その年の四月に出版された牧水の歌集『別離』を読んでのことと推測される。『別離』では、短歌は制作順ではなく、構成を練ったうえで歌が配置されている。そしてこの一首は、男女が完全に結ばれたシーンよりも後に置かれており、茂吉が、肉体関係があるという前提で読んでいるのは仕方のないことだ。牧水自身が、そう受けとられてもいいように構成をしている。

それでも「(或は一首の意味は、男が月夜に外出から帰つて来た時のことでもあるか、さすれば評に幾分の変更があるだらう)。」と、この夜は関係を持っていないのかも、とカッコ付きで留保しているところに注目したい。男女が結ばれた直後の歌と決めつけるには、何かすんなりいかないものを茂吉は感じている。さらに「女が如何にもつつましう安心して寝て居るのに、男がなほ眠られない。その男の心持、これが価値のある処であつて、生命はここにある。」という直感的な読みの深さは、さすがと言うべきだろう。

つまりこの一首は、悶々として眠れないという状況あってこその歌なのである。作者自身の手によって見えにくくなってしまったところに、茂吉は執拗に食い下がっている。「肉体関係あり」の前提では拭えない違和感があるということは、まだ結ばれていないという説を補強してくれるものだ。私の推理した「眠れぬ理由」を聞いたら、茂吉は納得してくれるだろうか。

この寝顔或日泣きもしすねもしぬこよひ斯くねてわれに添へれど

「この寝顔」と、対象にぐっと近づいている。目の前にあるのは美しい寝顔だが、ある時は泣き、ある時はすねてみせたこともある。折々の彼女の表情を、思い出す牧水。やはり二人は、そうとう親密なのだ。

そしてラストは、ため息をつくような、大きな感慨で終わっている。

をみなとはよく睡るものよ雨しげき虫の鳴く音にゆめひとつ見ず

「をみなとはよく睡るものよ」……それ、作戦ですから！　巧妙な防衛策ですから！　と教えてあげたい。雨のように激しく虫が鳴こうが、夢一つ見ない風情で眠り続ける女。一連を通して見えてくるのは、目に見えぬバリアを張り巡らせる女を前に、完全にお手上げ状態の男の姿である。女のほうが一枚うわてとも言える。このように一首一首の読みを重ねてみると、二人には、この時点で肉体関係はなかったものと思われる。

それにしても、なぜ小枝子は、ここまで拒むのであろうか。実は彼女には、ためらうだけの重大な理由があった。いきなり種明かしをしてしまうと、小枝子はすでに人妻で、広島には二人の子どもまでいたのである。そう聞けば腑に落ちるというものだが、牧水は知らずにつきあっているのだから、まったくもうわけがわからない。
「夜のうた」を発表した翌月、同じ雑誌「詩人」の十一月号に「うつせ貝」十二首が見える。うつせ貝は、漢字で書くと「空貝」または「虚貝」、身のない空っぽの貝という意味である。うつせ貝が登場する歌は一連にはない。牧水自身が、うつせ貝なのだろう。心境のよく出ている五首ほどを読んでみよう。

もし怨むこころおこらばおこらばとそれのみかなしうき人を恋ふ

もし自分の心に、彼女のことを「怨む」というような感情が芽生えたら、そんな悲しいことはない。「おこらばおこらば」という寄せる波のような繰り返しには、もうそこまできているという恐れが感じられる。が、そんな自分にはなりたくない。体の関係を受け入れられないからと言って相手を怨むなんて……と、なんとか自制しようともがいている歌である。そして、けれどやっぱり、最後は「恋ふ」というストレートな感情に支配されるのだった。なぜ彼女が「うき人（愁いに沈む人）」なのかが、わからないところに、この煩悶《はんもん》は起因しているとも言えるだろう。

遠山の峯《を》の上《へ》にきゆるゆく春の落日《らくじつ》のごと恋ひ死にも得ば

死、などという語が出てきて不穏だが、「恋ひ死に」は古くからある言葉で、恋い焦がれて死ぬというパターン化された言い方だ。現実味のある死というよりは、歌のなかでの強い詠嘆的な意味合いで用いているのだろう。遠い山に沈む春の夕日のように、恋煩いでいっそ死んでしまいたい……と、全体の詠みぶりも古典調だ。切羽詰まった思いを、古典的な表現に託した一首である。

なみだまた涙を追ひてはてもなし何おもふとや倦みはてし胸

あとからあとから涙が出てきて果てもない。辛さ哀しさで倦《う》みきった胸のうちは、もう何も考えられない状態だ。

さびしくば悲しきうたをみせよとは死ねとやわれにやよつれな人

「寂しい寂しいと、おっしゃるなら、その寂しさを表わした悲しい短歌を、お見せください」……小枝子からの手紙の文言だろうか。「やよ」は呼びかけ、「つれな人」は、終始つれない態度を取り続ける人。そんなことをしれっと書くとは、もう私に死ねと言っているのですかと、牧水は掻き口説く。

　確かに彼女との出会いによって、いくつもの素晴らしい短歌を牧水は得た。恋の予感、高ぶる思い、会えた喜び、会えぬ寂しさ。それぞれの場面に、辛さはもちろんあっただろうが、それは故あっての辛さである。が、今牧水が対峙している辛さは、意味不明の、あまりに理不尽な、蛇《へび》の生殺しのような辛さだ。なのに「悲しきうたをみせよ」などと言われたら、もう歌人として死にたくなるというものだ。

　　山茶花は咲きぬこぼれぬ逢ふを欲《ほ》りまた欲りもせず日経ぬ月経ぬ

山茶花《さざんか》は、咲いて、また花を落とした。そのあいだ、逢いたいと強く願ったり、もう逢いたくないと思ったりしているうちに、月日が経ったことだと振り返る。小刻みながら揺れるようなリズムが、山茶花の花と、振り回される心とに、うまく重なっている。

　この頃の心境を写した、非常に美しい散文がある。十一月十八日付の鈴木財蔵あての手紙より、抜き出してみよう。

けふは日のひかり澄みたれど悲しきおもひ胸にみつ、払はむとして得ず、いたづらに窓より木立の上の遠雲を見る、君よ、われはげにいふやうもなくうら悲し、その悲しみの火の如く身を狂はするほどのものならばいかにか心やすからむとおもへどさにあらでさながらの霧に似たり、友よ、君は知れりや、かの風荒れ浪猛けりしあとの雲にみち水にあふるゝ静けさの限りも知らぬ悲しきおもひを、けふのわれはまさにそれなり、悲し、悲し、しかれどもつひに泣き得ざるなり、泣くべくあまりにこゝろのつかれたるをいかにせむ、友よ、おもへ、澄みし日のひかりはわが脈ひくき全身に射せり、石のごとく沈然として寂然として高空を行く雲を見つむる一人の男を、

あまりに美文調で、恥ずかしくなったのか、このあといったん散歩に出た牧水は、「君のきらひな文章だけれど以上をば破らずにそのまゝ添へておく、いまさつき散歩から帰つて来た、寂しい黄昏。」と、我にかえったような口調で、付け加えている。だが、この時の心の状態を、実に的確にとらえていると思われるので、簡単に意訳しておこう。

世界は明るい光に満ちているのに、私の胸には悲しみだけがあふれている。窓からぼんやり遠い雲を見ていても、ただただ言いようもなく悲しいのだ。この悲しみが、身を焼き尽くすような、激しい炎のような悲しみだったら、まだずっとよかったよ。そうじゃないんだ。ひたすら霧のようにかすんでいる、そんな悲しさ。風が吹き荒れ、波が猛り狂っているんだったら、まだいい。その後に、ぽっかり浮かぶ雲、あるいは限りなく静かになってしまった水面。今の悲しみは、その限りなさに似ている。友よ、わかってくれるだろうか、そんな悲しみ。悲しくて悲しくてたまらないけど、もう泣く元気もないほど、心は疲れ果ててしまった。どうしたらいい？

澄んだ秋の光のなかで、けだるい全身を石のように投げだし、ひっそりと遠い空の雲を見ている一人の男のことを、友よ、思い描いておくれ。

きっぱりフラれるとか、誰かに横取りされるとか、そういうわかりやすい恋の悲しみのほうが、なんぼかマシ。イエスでもなくノーでもなく、ひたすら煮えきらない小枝子の態度に、牧水の悲しみは、霧のように晴れることなく、静まりかえった水面のように、いつまでもいつまでも続くのだった。

この日の手紙は非常に長く、次のような一節もある。

僕は実際近頃は困つてる、いかにも精神状態が変でね、無闇に激昂してみたり悲しんで見たり、さかんに物を書いて見ようとしては直ぐ一二枚で止めて了ふ、殆ど学校などにも出ずに居る、

また、追伸として「出来るなら僕の手紙をば破らずにとつておいて呉れないか、僕の日記である、」と牧水は記した。心の整理をしながら、本音を綴っていたことが窺われる一言だ。

さらに十一月二十三日付の、同じく財蔵あての葉書は、次のような文章で終わっている。

僕は近来殆ど狂人である、何事もすべて僕の目にはつらく悲しく見ゆる、この生をつなぐことの苦痛は実に無上である、さればとて死ぬることも出来ぬ、僕は毎日物をもせずに狂つて居る、甚だ静粛に。

自分のことを「狂つて居る、甚だ静粛に。」とまで言うほど、牧水は追いつめられていた。先ほどの「うつせ貝」と同じ十一月に、雑誌「新声」には「若さ」と題する五十六首を、牧水は発表している。すべてが恋の歌ではないが、小枝子関連と思われ

るもののトーンは、やはりそうとうに暗い。

秋立ちぬわれを泣かせて泣き死なす石とつれなき人恋ひしけれ

立秋……私を泣き死なすほど苦しめるあなたは、石のようにつれない。けれどそんな人を、やはりこう言わずにはいられない。「恋しい」と。

夜ひらく花のやうなり常ひごろ笑はぬ人のたまのほほゑみ

小枝子も、ただ牧水を弄《もてあそ》んでいたというわけではないだろう。秘密を打ち明けられない苦しさは、彼女から笑顔を奪った。だから何かの拍子にふとした笑みがもれるのを、牧水は見逃さない。まるで夜に開く花のようだと、珍しいものを見る目で愛《め》でるのである。

恋人よともに逝かずや相いだきこころ足らひし悲哀のうちに

肉体関係はないけれど、はっきりと「恋人よ」と呼びかけている。互いの心が通ったということで満足し、そしてなぜか結ばれないという悲哀のうちに、もういっそ、一緒に死んでしまおうかという歌である。

　立ちもせばやがて地にひく黒髪を白もとゆひに結ひあげもせで
　何といふながき髪ぞや立ちてみよそちら向きみよ戸に倚りてみよ

　牧水は、しばしば小枝子の黒髪を詠んでいる。魅力的だったのだろう。一首目は、座っていると畳に着くような長い髪を、白元結（髪をまとめる紙縒《こよ》りのようなもの）で結うこともせず……と歌っている。ずいぶんしどけない、くつろいだ、そして艶っぽい姿だ。

　二首目は、その黒髪の長さに感嘆しつつ、「立ってみせて」「ちょっと向こう見て」「今度は戸に倚《よ》りかかって」と、ポーズの注文をしている。そうやって、さまざまな角度から姿を確認したいほど、見飽きぬ美しさをもった女性なのだ。ただ眺めるだけの牧水が、ますます気の毒になってしまう。

　出会ったころの歌には「寂し」という語が多くつかわれていた。が、互いの距離が近くなってからは「悲し」が目立つようになる。雑誌「新声」十二月号に発表された「沈黙」三十首にも、悲しみの語が散見する。

悲しみのあふるるままに秋のそら日のいろに似る笛吹きいでむ

悲しみがあふれるにまかせて、秋の空の下、太陽の色の笛を吹きだそう。

白鳥《はくてう》は哀《かな》しからずや海の青そらのあをにも染まずただよふ

白鳥は哀しくないのだろうか。海の青色にも空の青色にも染まることなく漂っている……。

なみだもつ瞳つぶらに見はりつつ君悲しきをなほかたるかな

涙を、そのつぶらな瞳にためて、目を見開いて、なおもあなたは悲しいことを語るのだった……。

一首目の悲しみが何なのか、三首目に語られる悲しみが何なのか、読者にはわからない。ただ自明のこととして、牧水は悲しみの語を連発する。つまり、良く言えば抽象度が高く、悪く言えば独りよがりということだ。しかし、独りよがりであっても、徹底した人生の何かが貼りついている場合、こういう歌を大量に作るなかで、ふいに天啓のように純度の高い歌が生まれることが、まれにある。二首目の白鳥の歌は、まさにそのようにして生まれた名歌ではないだろうか。

この時点でできていた歌だが、後に推敲され、歌集『別離』を編集するにあたって、小枝子との恋愛が最高潮に達する一連のなかに、白鳥の一首は加えられた。牧水にとっても、確かな手ごたえを感じる作だったのだろう。

初出の雑誌では「はくてう」というルビがついているが、歌集のルビは「しらとり」。こちらのほうが、断然いい。「SIRA」のさらさらとしたS音とR音の響きが、「かなしからずや」や「そら」のS音R音と響き合い、しみじみとした切なさが伝わってくる。訓読みにすることで「白」という漢字の色としての意味合いも、しっかりと出て青との対比が際立つ。またハクチョウではなく、白い鳥全般と受け取ることができるため、想像の幅も広がるだろう。この変更は、長らく牧水自身の推敲と見られてきたが、伊藤一彦『若山牧水　その親和力を読む』によると、平成二十二年に日向市で行われた「牧水と現代―牧水の再発見―」と題する鼎談《ていだん》で、歌人の佐佐木幸綱が斬新な見方を示した。以下は、その折の発言である。

雑誌に出たときに「はくちょう」と振り仮名をふってあるのは、振り仮名つきの漢字活字があったからです。普通は植字工が「白鳥」という活字を入れて、横に振り仮名の小さな活字をひろって「しらとり」とか「はくちょう」とか入れる。それが最初から「白鳥」と「はくちょう」がセットになっている活字があったんですね。総ルビに便利なように、です。漢字には全部ルビがふってあるという活字があった。これもそれじゃないかなと思います。

(『第九回若山牧水顕彰全国大会記録集』より)

印刷現場でのミスという推察で、牧水自身が、わざわざ「はくてう」と打ったと考えるよりは、ずっと説得力がある。

さらに年明けの「新声」一月号の「われ」三十首には、かなり独りよがりな「悲し」が並んでいる。

悲し悲しなにかかなしきそは知らず人よなに笑むわがかたを見て

悲しい悲しい、何か悲しい、その理由はわからない。君は、なんだって僕のほうを見て笑ったりするんだ……。

わがむねのそこの悲しみ誰知らむただ高笑ひ空《くう》なるを聴け

私の胸の底にある悲しみ。誰がそれを知るだろうか。ただむなしく高笑いするのを聞いてくれたまえ……。

われ敢て手もうごかさず寂然《じゃくねん》とよこたはりゐむ燃えよかなしみ

私はもう手も動かすことなく、ただひっそりと静かに横たわっていよう。この身体のなかで、悲しみよ燃えさかれ……。

かなしみはしめれる炎声も無うぢぢと身を焼く焼き果てはせで

悲しみは、いうなれば湿った炎だ。音もたてず、ぢぢぢっと私の身を焼いてくる。しかし焼き尽くすことはしない。だからいつまでも我が身は、悲しみに炙《あぶ》られている……。

雲見れば雲に木見れば木に草にあな悲しみの水の火は燃ゆ

雲を見れば雲に、木を見れば木に草に、ああ悲しみの湿った炎が燃えていることだ……。

ああ悲しみ迫ればむねは地は天《そら》は一いろに透く何等影無し

ああ悲しみが迫ると、胸、地面、空、みな一色に透き通ることだ。なんの影も落とすことなく……。

悲しみの連打である。ちょっとうんざりするくらいだが、「雲見れば雲に木見れば木に草に」のリズムは、よく知られた恋愛歌、

山を見よ山に日は照る海を見よ海に日は照るいざ唇《くち》を君

のリズムを思わせる。もがき苦しみ、なかば意味不明の悲しみの歌を量産した牧水。同情すべきは、「本人には意味がわかっているのに読者への説明不足」なのではなく、「牧水自身にも、この悲しみの出どころ（小枝子の拒絶）の意味がわからない」こと

だろう。わからないものを、わからないままに、純粋な「悲しみ」として詠んだとも受け取れる。そんななか、時に純度の高い「白鳥は」のような名歌を生み、時に後に用いる「雲見れば雲に」のようなリズムを生み、牧水は歌い続けたのだった。

第三章　いざ唇を君

明治四十一年の正月を、牧水は愛する小枝子とともに房総半島の根本海岸で迎えた。惹かれあい、何度も逢瀬を重ねながら、なぜか最後の一線を越えさせてくれない彼女。煮えきらない態度に振り回され、「僕は近来殆ど狂人である」とまで思い詰めていた牧水。

その小枝子が、ついに泊まりがけの旅行を承諾してくれたのだ。しかも、年末年始というスペシャルな時期に。二人は前年の十二月二十七日に、霊岸島（現・中央区新川）から千葉県館山行の船に乗り、根本海岸に滞在したことがわかっている。

牧水が生まれ育った宮崎県日向市東郷町坪谷は、深い山の中にある。だからこそ海は、牧水にとって特別なものだった。

大正七年に雑誌に連載された「おもひでの記」には、幼いころ近所の山の頂上から海の方角を見て「実に異常のものを見る様に、胸がときめいた。僅かに白く煙ったり光つたりして見えるだけで、海といふものが果してどんなものであるか殆んど想像することも出来なかつたが、兎に角、この方角に海がある、といふ事を知り得るだけで非常な満足であつた。」と書いている。また別の山にも「見たさ一心に攀《よ》ぢ登つて、頂上に切り残されてある二三本の松の蔭に立つて遥か東の方に雲がくれに見える細島の海（細島は地名）を眺めながら、わけもない昂奮を子供心に起してゐた」というのだから、海への興味と憧れは相当なものである。そして初めて海を目の前にしたときの様子は、「耳川と美々津《みみつ》」というエッセイに詳しい。

私は六歳か七歳の時、母に連れられて耳川を下つたことがある。そして舟が将《ま》さに美々津に着かうとする時、眼の前の砂丘を越えて雪のやうな飛沫を散らしながら青々とうねり上る浪を見て、母の袖をしつかと捉《にぎ》りながら驚き懼れて、何ものなるかを問うた。母は笑ひながら、あれは浪だと教へた。舟が岸に着くや母はわざ〳〵私を砂浜の方に導いて更に不思議に更に驚くべき海、大洋を教へてくれた。その時から今日まで、海は実に切つても切れぬ私の生命《いのち》の寂しい伴侶《みちづれ》となつて来てゐるのである。

永く憧れてきたものを、まさに眼前にしたときの驚きと慄きが伝わってくる文章だ。

このように、牧水の海への思い入れは、人一倍のものがあった。小枝子との初めての旅の舞台に、海辺の町を選んだことは、うなずける。「耳川と美々津」は大正元年に書かれたものなので、最後の「私の生命《いのち》の寂しい伴侶《みちづれ》」という感慨には、彼女と訪れた海辺のことも含まれているのだろう。

根本海岸は、現在の白浜フラワーパークの近くで、二週間ほどの滞在だったようだ。この時のことを詠んだ短歌が、雑誌「新声」の明治四十一年一月「新春臨時号」から載りはじめる。その臨時号の「われ歌をうたへり」三十首の中から何首か読んでみよう。

われ歌をうたへりけふも故わかぬ悲しみどもにうち追はれつつ

冒頭の一首は、のちに歌集『海の声』の巻頭に置かれた。なぜ小枝子が肉体関係を拒否するのか、この時の牧水にとっては、それが一番卑近な「理由のわからぬ悲しみ」だっただろう。悲しみに急き立てられ、追われるように歌を紡ぐ牧水。しかし、目の前の現実を離れて、歌を詠むことそのものへの思いが感じられる一首でもある。「歌を詠む」ことを詠むというのは、実はとても難しい。具体的に詠むと楽屋落ちになってしまうし、抽象的に詠むとスローガンで終わってしまう。けれどこの一首には

「歌を詠むとは、わけのわからない悲しみに追われて、その悲しみの正体を探ることではないだろうか」と訴えかけてくる力がある。小枝子云々《うんぬん》を越えて、より広く、生きることそのものの悲しみ、歌うことそのものの衝動を感じさせてくれる。膨大な量の悲しみの歌を紡いできた牧水だからこそ、たどりつけた一つの境地だろう。

　街の声うしろになごむわれらいま潮さす河の春の夜を見る

出発直前の歌。街の喧騒に代表される「日常」を背にして、いよいよ我らは非日常の世界へと船出する。「潮さす河」は、海と河の混じり合う地点。まさに、これまでとこれからの境目に立つ二人の現在を、象徴しているかのようだ。

　山かげの闇に吸はれてわが船はみなとに入りぬ汽笛《ふゑ》長う鳴く
　みなとぐち夜の山そびゆわが船のちひさなるかな沖さして行く

一首目は、闇に吸われるように港に入ってくる船。二首目は、沖を目指してゆくとき小さく感じられる船。船出という言葉の持つ明るさや解放感はなく、どちらかというと不安や心細さが伝わってくる歌たちだ。これまでの経緯を考えると、旅に来てさえも、まだ小枝子から拒否されるかもしれないという気持ちが、胸の底に渦巻いていてもおかしくはない。

手をとりてわれらは立てり春の日のみどりの海の無限の岸に

到着後。明るくて、広々とした気分の歌である。目の前にあるのは、憧れてやまない海。「無限」という語には、二人の未来を重ねたいという思いが感じられる。

白き鳥ちからなげにも春の日の海をかけれり何おもふ君

このあたりの歌を読んでいると、まだ恋の成就は感じられない。白い鳥が力なさそうに飛んでいると見えるのは、見ている牧水のほうに力がないからだろう。「何を思っているの?」と愛しい君に問いかけるばかりである。

君笑めば海はにほへり春の日の八百潮どもはうちひそみつつ

春の海のみどりうるみぬあめつちに君が髪の香満ちわたる見ゆ

三十首の最後のほうは、「海」と「君」という、この世でもっとも愛しいものの取り合わせに、うっとりしているような歌が並ぶ。君が笑えば、波は静かになり、春の海を前に、世界は君の髪の香りで満ちている。心穏やかに、君との時間を楽しんでいる様子が窺える。

ところで、この一連で私が一番注目するのは、三十首中二十六首目の次の歌だ。

天地に一の花咲くくちびるを君を吸ふなりわだつみのうへ

これまで、添い寝（前章で検証したように、おそらく文字通りの添い寝）や手を取り合う歌はあったが、口づけの歌は、これが初めてである。

君のくちびるを花にたとえている。「天地に一の」は「世界で一番」とも「世界に唯一」とも受け取れる。最高の賛美だ。「くちびるを」と言った直後に、追いかけるように「君を」と重ねている。眼の前の唇に口づけることとは、君という存在そのものに口づけることなのだ、という気持ちだろう。「わだつみ」は海。この大きな非日常的な舞台のおかげで、二人の心は、ようやく解放されつつあるようだ。

年が明けて明治四十一年、牧水は鈴木財蔵にあてて、葉書を送っている。

房州に在ること旬日、海の香雲の姿濤の声、つかれし全身に満ちわたれるを覚ゆ、キンガシンネン！

わが居るは安房の海に突きいでし最端なれば日は海より出で海に落つるなり海の中に大島浮きて旦夕煙を吐くその右に富士明らかに見ゆ

海はわがために魂のふるさととなりみなもとなり

四日　　　　　牧　水

海という舞台を得て、潮の香、雲の姿、波の音が、疲れた身体と心地よく一体化している。漢字で書くのももどかしいといった風情の、勢いのある「キンガシンネン！」。なんと晴れ晴れとした、気持ちのよい賀状だろうか。充実しきった文面からは、恋の成就がひしひしと伝わってくる。夏の日の偶然の出会いから、およそ一年半。ようやく小枝子と牧水は結ばれたと考えていいだろう。

そのことは、「新声」二月号に、堰を切ったように載せられた作品からも窺える。その数四十六首。タイトルは「海よ人よ」。牧水の心の昂ぶりが、歌の数からもタイトルからも伝わってくる。まずは出だしの五首を読んでみよう。

大ぞらの神よいましがいとし児の二人恋して歌うたふ見よ

天の神様に呼びかけている。「あなたのいとし子である彼女と私は、今、愛しあい歌を詠んでいます。その様子をとくとご覧ください」と。「二人恋して」という言い方には、これまでにない自信が感じられる。大ぞらの神に見てほしいということは、つまり全世界に向かって見てほしいと、高らかに宣言しているようなもの。一連のスタートに相応《ふさわ》しい一首である。

海哀《かな》し山またかなし酔ひ痴れし恋のひとみにあめつちもなし
君を得ぬいよいよ海の涯《はて》なきに白帆を上げぬ何のなみだぞ

「哀し」「かなし」「痴れし」「なし」と、「し」の脚韻が小気味よく響いて、まさに恋に酔いしれ、前後不覚、無我夢中とも言うべき状態だ。
「君を得ぬ」という簡潔な言い切りに、誇らしさと自信が溢れている。恋の大海原に漕ぎいでようとして帆を上げるとき、感極まって、わけもわからず涙は流れるのだった。

山ねむる山のふもとに海ねむるかなしき恋の落人の国

安房の国海にうかべり君とわれ棲みてねむるによき春の国

「落人の国」という発想には、遠く世間を離れて、恋にふけっていることへの恍惚とした背徳の心が感じられる。

「安房の国」のほうは、より素直に、この恋の舞台を褒めたたえ、幸せ全開である。ただ、やはり「海にうかべり」には、俗世間から隔絶した場所という思いが感じられる。そして「棲みてねむるによき」とまで言って、この滞在を楽しんでいる。

一月の「新春臨時号」で、初めて口づけの歌が登場したことに注目したが、この二月号には、数も増えて四首、口づけの歌がある。


くちづけは長かりしかなあめつちにかへり来てまた黒髪を見る

「長かりしかな」とは、まことに正直な感慨で、こんなことになっている自分（と小枝子）を半ば呆けて見やっているような言い様だ。口づけの間は、幽体離脱のように、魂が体から離れているような気分なのだろう。長い長い口づけのあと、我に返る。そしてどうするかというと、大好きな黒髪を愛でているというのだから、これはもう小枝子一色である。ちなみにこの歌は、後に歌集『海の声』に入れるときに「永かりしかな」と漢字が変えられた。永遠にも感じられる時間であることが強調され、また主観的な「ながさ」であることが伝わる推敲だ。

山を見よ山に日は照る海を見よ海に日は照るいざ唇《くち》を君

素晴らしく壮大な口づけの歌である。山を見て、海を見て、そしてお互いの目と目、唇と唇を合わす……。天上で豪快に鐘が鳴り響いているような、シェークスピアの舞台俳優になったような、ちょっと日本人離れしたスケールの大きさとストレートな表現。

高校生のときにこの歌を読んだ私は、ドキドキしたし、やや気恥ずかしくもなった。そして「海はわかるけど、山は単なる言葉の上での対比のためとちゃうんか」と、リアルさに疑念を抱いた。

しかし、二〇一七年の一月、初めて根本海岸を訪ねて、長年のその疑いは晴れたのだった。実際に足を運んでみるとわかるのだが、海を眼前にしたとき、山が背後に迫るような地形である（関東大震災で多少地形が変わったらしく、以前はもっと海が近かったようだ）。そして近所にはソーラーパネルを備えた家が散見された。冬でも、太陽が出るとギラギラ眩しく感じられる。まさに「山に日は照る」「海に日は照る」

の世界だ。

現在、根本海岸には牧水の歌碑が立っていて、三首刻まれているうちの一首が、この歌である。それほどよく知られた歌であり、代表作にも数えられている。「山疑惑」は晴れたものの、高校を卒業し、短歌を作りはじめたころの自分は、しかしさらなる疑惑というか戸惑いを、この歌に感じていたことを思い出す。

「これは名歌なんだろうか？　いざ！　とか言って力で寄り切った感はあるけど、あまりにミもフタもないというか……。それに句切れも多すぎなのでは？」

一般的には、句切れが二か所以上ある歌というのは、散漫な印象を与え、調べが途切れてしまうので「できれば一か所までにしましょう」と短歌の入門書などには書かれている。ところが、この歌は、句切れ放題もいいところ。五七五七七すべてで句切れ、さらに結句は「いざ・唇を・君」と細かく切れる。完全にアウトな感じだ。

が、一般論では割り切れない魅力が、この歌には確かにある。歌碑を前に、山を背に、海を眼前に、考えた。オール句切れという技は、禁じ手といえば禁じ手なのだが、このことが、とてつもなく大きな時間と空間を一首に呼びこんでいる。そこが成功の秘密のように思われた。

「山を見よ」と「山に日は照る」のあいだには、山を見る時間が生まれる。続く「海を見よ」とのあいだには、山から海へ視線を動かすために大きな空間が生まれる。同様に「海を見よ」と「海に日は照る」のあいだには、海を見る時間が挟まっている。「いざ」は、これからのことに使われるから、ここにも時間が感じられる。つまり、本来なら細切れ感を与えるはずの句切れが、むしろ一首を大きく見せている。

「山を見よ」と「山に日は照る」が対句となり、「海を見よ」と「海に日は照る」が対句となり、さらに「山を見よ山に日は照る」と「海を見よ海に日は照る」も対句である。この重層的な対句のおかげでまとまりが生まれているので、リズムが途切れるどころかリズミカルにさえ感じられるのもすごい。

そして、とにかく「いざ唇を君」という大胆な結句に、人はやられてしまうのだろう。口づけましたという歌ではなく、その一歩手前で止めているところが、まことにドラマチック。以前、拙著『あなたと読む恋の歌百首』に書いたことだが、そもそも恋の歌というのは、片思いや失恋や別れなど、心が満たされなくて生まれるものが多い。古典和歌の世界でも、一人寝や待つ恋や忍ぶ恋など、満たされない歌が主流だ。

「恋の成就を高らかに歌いあげる」というパターンは珍しく、だからこそ、その本で最初に読む歌として道浦母都子《もとこ》の「全存在として抱かれいたるあかときのわれを天上の花と思わむ」を取り上げた。思えば牧水の「いざ唇を君」も、数少ない恋愛成就の歌の系譜に連なる、貴重な一首と言えるかもしれない。

接吻《くちづ》くるわれらがまへに涯もなう海ひらけたり神よいづこに

口づけの歌、三首目も海が舞台だ。果てしなく開けている海は、二人の未来のように輝かしい。「神よいづこに」は、何処にいらっしゃるか？　との問いかけというよりは、神を確実に感じてしまうほどの幸福感のなか、目には見えないけれど、この風景のどこに潜んでおられるのだろう……といった気分ではないかと思われる。

ああ接吻海そのままに日は行かず鳥翔《ま》ひながら死《う》せ果てよいま

高ぶった気持ちは充分に伝わってくるが、やや難解な歌である。「海そのままに日は行かず」とは、時間が永遠に止まったような感覚かと思う。海は、そのまま。太陽の動きも、ない。「鳥翔《ま》ひながら」の鳥は、現実のものというよりは、恋の成就を象徴する存在ではないだろうか。すべての時が止まったなかで、恋の歓喜に満ちた鳥が舞う。「死《う》せ果てよいま」は、その鳥に向かっての言葉であると同時に、恋の頂点で自分たちも死んでしまいたいというくらいの強い気持ちを感じさせる。鳥の飛翔を永遠のものにするには、そして二人のこの素晴らしい瞬間を留めるためには、今ここで全てが完結してしまわねばならない……そんな思いを抱かせるものとして、彼女との

「接吻」があるのだろう。

宿での歌も、恋の成就を存分に伝えるが、どちらかというと穏やかで、海を前にしたときのような高揚感はない。やはり海は、牧水にとって特別な場所なのだとあらためて思わせられる。

みじろがでわが手にねむれあめつちになにごともなし何の事なし
松透きて海見ゆる窓のまひる日にやすらに睡る人の髪吸ふ
ただ許せふとして君を飽きたらず憎む日あれどいま斯くてあり

わが手に眠れ、と余裕を見せ、眠る彼女の髪に顔をうずめる牧水。かつて狂わんばかりに彼女を求め、勢いあまって憎むほどだった自分を「許しておくれ」と、懐かしむように述懐している。

一連には、接吻だけでなく、性的なつながりを暗示する作品も多い。私が一番艶っぽいと思ったのは、次の一首だ。

こよひまた死ぬべきわれかぬれ髪のかげなる眸《まみ》の満干る海に

フランス語ではオーガズムを「小さな死」と表す。そういう意味を含んだ「死ぬべきわれか」ではないかと思う。濡れた髪の下の美しい瞳。その彼女の瞳のなかに、愛してやまない海を、牧水は見ている。瞳の海が干満を繰り返し、いつしかその海に溺れてゆくような、溺れて溺れて溺死するようなイメージである。

海への感情移入という点では、次の二首がよく知られたものだろう。一連では、並んで登場する。

ともすれば君口無しになりたまふ海な眺めそ海にとられむ
君かりにかのわだつみに思はれて言ひよられなばいかにしたまふ

ふとした折に口をつぐみ、海を見る君。「な眺めそ」は「眺めるな」という禁止を表わす。そんなに海ばかり見ていては、海にとられそうな気がすると言うのである。下の句の、つんのめるような、あるいは焦ったようなリズムが、軽口のなかにも本気を感じさせて絶妙だ。

二首目は、さらに踏みこんで、海をライバル視したもの。「もし、わだつみ（海の神）に思われて、言い寄られたら、君はどうする？」。現実にはありえないことだが、単なる戯言《ざれごと》というよりは、これは牧水の自信の表れではないかと思う。海の神に言い寄られたとしても、この人は自分を選んでくれるだろうという自信。偉大な海の神と対峙しようとも、今の自分なら勝てるというような「全能感」を詠んだものではないだろうか。

一連の最後は、次のような一首で締めくくられている。

短かりし一夜なりしか長かりし一夜なりしか先づ君よいへ

「あっという間の一夜だった？　それとも長い長い一夜だった？　まずは君から言って」という歌だ。君に問いかける形をとりつつ、読者に対して、完全にのろけている。本人は、どう思っているのだろう。夢中という意味では短かったと言えるし、濃厚という意味では長かったとも感じる……そんなニヤけた答えが返ってきそうだ。いや、極端な話、短かろうが長かろうが、どっちでもよくて、そんなふうに二人の夜を振り返ること、そのこと自体を楽しんでいる歌なのだろう。相手に対する余裕さえ感じられる一首だ。

雑誌に発表されたこれらの作品の多くは、後に第一歌集『海の声』、そして第三歌集『別離』（『海の声』と、次に出版された歌集『独り歌へる』に新作を加えて編集しなおした歌集）に収められ、牧水は、青春と恋愛の歌人として広く世に知られることとなる。ことに『別離』では、詞書の中に、この海辺の滞在のことが具体的に示されていて、胸を打つ。

女ありき、われと共に安房の渚に渡りぬ。われその傍らにありて夜も昼も断えず歌ふ、（後略）

歌が、湧きあがるように、溢れるように、生まれたことが伝わってくる。まさに世界は二人のためにあるという感じだ。二人きりの時間、二人きりの場所、二人きりの……と、誰もが思うことだろう。

ところが、実際は二人きりではなかった。この衝撃的な事実は、大悟法利雄によって明らかにされ、多くの研究者や読者を驚かせたのだった。以下は『若山牧水新研究』からの引用である。

ところで、牧水は小枝子と二人でその家に泊っていたのではなく、もう一人の同行者があったのだった。私は初めそれを聞いたとき、意外なことに驚いたのだが、それはその同行者自ら語ることで疑う余地はないし、それを聞いて「なるほど」とうなずかれるところもあった。同行者というのは小枝子の従弟庸三である。（中略）

しかし、その従弟はもう少年というよりは青年だったから、牧水と小枝子とは、歌から想像されるように自由奔放に振舞うことは出来ず、二人はその従弟の目を避けながらつつましやかなひそかな幸福にひたっていたわけである。

しかし、何にしてもこの房州行きによって二人はしっかりと結ばれたものと思われる。

庸三とは、小枝子が上京した折に頼っていった従弟で、同じ家に下宿していた。大悟法は、後年、彼に何度も会って聞き取りをしており、こんな大事なことを記憶違いするとも思えず、同行したことは確かなのだろう。「意外なことに驚いた」とあるが、『若山牧水新研究』のこのくだりを読んだとき、私自身も椅子から転げ落ちるかというくらい驚いた。どこからどう読んでも、二人の世界である。つまり牧水の視界には、庸三は入っていなかったということか。

詩人の大岡信は、次のように書く（『今日も旅ゆく・若山牧水紀行』）。

私はこの事実を大悟法氏の「牧水の恋人小枝子」という新稿ではじめて知った。読んだときには、やや唖然たる思いがあった。二人だけの旅ということを片時も疑ったことがなかったからである。けれども、思い直してみれば、当時二人の置かれていた状態からしても、また牧水の純情な、それだけに、身の処し方については人一倍臆病でもあっただろう気質からしても、二人だけの旅をいきなり敢行することは、このときはまだむつかしかったかもしれない。章蔵は、つまり必要であって同時に何となく具合の悪い存在として、根本海岸に同行したのであった。

文中、「章蔵」とあるのは庸三のことだろう。大悟法の「牧水の恋人小枝子」(昭和四十九年「短歌研究」に発表)には章蔵と記されている。

大岡は、同じ文章のなかで「まことにぶちこわしの感じ」とも述べていて、まったく同感だ。私も、「なぜ庸三が一緒に？　部屋割りとか、どうなってたの？」と、この件については、ずっとしつこく考え続けてきた。同行についての大岡の推理は、しごくまっとうだ。ただし、どちらかというと牧水の純情のほうに重きをおいている。

思えば「庸三とセット」というアイデアは、牧水にも小枝子にも好都合だ。緩衝材と言ってはなんだが、やはり二人きりというのは、誘う方も誘われる方も、勇気がいる。まして、二人にはまだ肉体関係がない。庸三も一緒にということであれば、下心ありありな感じが、一気に薄まる。恋の逃避行と、家族旅行くらいの違いがある。

小枝子は庸三と親戚同士であるし、神戸では庸三の実家である赤坂家の世話にもなっていた。とすれば「年末年始は、どう過ごすのか」といった話題も出るだろう。その時に、小枝子が男と二人で旅行だなんて、答えられるはずがない。牧水は知らないことだが、彼女は既婚者で二人の子持ちなのだからして、そんなことは絶対無理だ。姦通罪のあった時代である。小枝子にしてみれば、あくまで三人の旅であったという事実は、非常に大事なことでもあるだろう。つまり、カモフラージュとしての庸三。そして彼が、二人の様子にまったく気づかないということも考えにくく、そういう意味では立派な共犯者とも言える。こう考えてくると、牧水の純情よりも、小枝子の保身という意味合いのほうが強いかもしれない。

部屋割りは、どうなっていたのだろうか。大悟法が「家」と書いているように、泊まったのは旅館といった立派なところではなく、質素な民宿のようだ。男二人で一部屋、小枝子が一部屋、が順当なところか。

ひもすがら断えなく窓に海ひびく何につかれて君われに倚る

松透きて海見ゆる窓のまひる日にやすらに睡る人の髪吸ふ

昼間からくっついている歌を「海よ人よ」から抜いてみた。窓から、松の木ごしに海の見える部屋。一日中海の音が聞こえてくる。彼女はちょっと疲れた風情で牧水に寄りかかってきたり、昼寝をしたりしている。牧水がその髪に顔を埋めているとき、庸三は一体どこにいたのだろう。もちろん、歌は現実そのままを詠むわけではないが、それにしても一連における「庸三の気配のなさ」は見事なまでだ。そこには、歌人としての牧水の強い意志を感じる。

部屋割りはいつしか曖昧になり、牧水の方が昼間から小枝子の部屋に入りびたり、また時には二人で海岸を散策したという感じだろうか。

滞在中、一月七日に書かれた詩人の内海泡沫あての葉書には、次のような一節がある。「毎日々々飲んで酔つて、寒い〳〵砂の中にころがり居り候、」。

一月に私が根本海岸を訪ねた折にも、ものすごい風と、それにともなう砂嵐に往生した。道路脇には「飛砂注意」の看板が立っている。顔に当たる砂粒が痛くて、百メートル先の歌碑にさえ容易に近づけないほどだった。帰宅すると下着の中にまで砂が入りこんでいた。温暖な地とされ日差しは強いものの、やはり冬場はそれなりに寒い。牧水のこの文面が、実感された。

が、葉書とは違って、詠まれた短歌のほうは穏やかな春の光に満ちている。新春という意味での春ではなく、四季のうちの春のイメージである。再び「新声」二月号「海よ人よ」から引いてみよう。

春や白昼日はうららかに額《ぬか》にさす涙ながして海あふぐ子の

誰ぞ誰ぞ誰ぞわがこころ鼓《う》つ春の日の更けゆく海の琴にあはせて

うららかな日差しを額に受けて、海を前に涙ぐむ彼女。二首目の「たぞたぞたぞ」は、鼓動を表現してユニークなリズムだ。暮れゆく春の海の琴に合わせて、誰がこの胸をノックするのか……。

四十六首ある一連の登場人物は、ほぼ「われ」と「君」に限られているが、例外として「海女」と「犬」の出てくる歌がある。こういう歌を見るにつけても、庸三は意識的に消されているのだと実感される。

海荒れて大ぞらの日はすさみたり海女《あま》巌かげに何の貝とる
暴風雨《しけ》あとの磯に日は冴ゆなにものに驚かされて犬長う鳴く

海が大荒れの日、風を避けて岩陰で海女たちは、何の貝をとっているのだろう。時化《しけ》のあとの浜辺に、犬が長々鳴いているのは、何に驚いてのことだろうか。二首とも、おそらくは実際に目にした光景の軽いスケッチだろう。そしてこんな感じの荒れがちな海が、現実だったのだと思われる。

私の見た根本海岸も、この二首に近かった。轟々《ごうごう》と風に渦巻く海は、牧水の歌から想像していたものとは、かなり違う。強烈な砂嵐を避けて、ようやく入った海辺のカフェで「いつも、こんなに風が強いんですか?」と思わず聞くと「今日のは小西だね。大西の日は、こんなもんじゃないよ。吹けば三日ぐらい続く」と言われた。小西、大西というのは、地元の言葉で西風の強弱をいうものらしい。もちろん穏やかな日もあるそうだが、いずれにせよどんな天気だろうが、牧水の心には春の光が燦々《さんさん》と降り注いでいたのだろう。

そのいっぽうで「海よ人よ」には、次のような歌もある。

日は海に落ちゆく君よいかなれば斯くはかなしきいざや祈らむ
君よなどさは愁れたげの瞳して我がひとみ見るわれに死ねとや

日没を前に、悲しい顔を見せる小枝子。愁いを含んだ目で、牧水を見つめる小枝子。「いかなれば」「など(何故)」と訝《いぶか》しがってはいるが、牧水はまだその真相を知らない。喜びに満ちた歌の中に、不安で不吉な歌が、砂利《じやり》のように混ざっていることは、この恋の行方を知っている目からすると、まことに象徴的だ。

第四章　牧水と私

第一章から第三章まで、牧水と小枝子の出会い、恋の成就を、短歌作品や資料にそって読んできた。前章でやっと結ばれた二人の、これからが気になるところではあるが、今回は趣向を変えた章をはさもうと思う。寄り道になってしまうが、このタイミングで書いてみたい。

若山牧水の短歌を、初めて読んだのは高校生の時だった。国語の授業で何首かを読み、いいなあと思って岩波文庫の『若山牧水歌集』を買った。教科書で気になった作家や歌人は、とりあえず読むことにしていて、石川啄木や与謝野晶子や斎藤茂吉も手にとった。その中で、ひときわ魅力を感じたのが牧水だった。

これまで取り上げてきた、たとえば「われ歌をうたへりけふも故わかぬかなしみどもにうち追はれつつ」「海哀《かな》し山またかなし酔ひ痴れし恋のひとみにあめつちもなし」のような歌たちを、高校生なりに味わい、うっとりしていたわけである。

二年生のときに大失恋をした自分としては、失恋の歌がえんえんと出てくるのも、よかった。「逃れゆく女を追へる大たはけわれぞと知りて眼眩《めくら》むごとし」「山奥にひとり獣の死ぬるよりさびしからずや恋の終りは」といった歌には、心から共感したものだ。完全にフラれているのに、まだ心が追いかけてしまう自分を「おまえも大たわけだ！」と歌に叱ってもらったような気がした。そこまで言われると、逆にすっきりする。恋の終わりは、山奥で獣がひっそりと死ぬようなもの、いやそれ以上に寂しい……という表現に、たっぷり感情移入できた。死にゆく獣は、恋そのものだとも感じた。

そして失恋がもとで、私は早稲田大学に入学する。受験勉強にまったく身が入らなくなり、試験なしで入れる「指定校推薦」に手をあげたのだ。すんなり決まった。通っていたのは地方の進学校で、なんといっても国公立志向が強い。失恋するまでは、けっこう真面目な優等生だったので、過去の成績にも助けられた。気がつけば牧水の後輩だ。

早稲田大学で、歌人の佐佐木幸綱先生に出会い、短歌を作りはじめた。佐佐木先生の「日本文学概論」という講義で、一年をかけて十二人の歌人の作品を読む年があり、牧水もその一人だった。大学生になってから、あらためて読み直すこととなった。「白鳥《しらとり》は哀《かな》しからずや空の青海のあをにも染まずただよふ」。この有名な一首が取り上げられた日のことは、今でもよく覚えている。

「知らない人はいないと思う有名な歌だけど、どんな光景を思い浮かべますか？　白鳥は一羽？　それとも二、三羽？　それとも、もっと多い？　その鳥は空を飛んでいますか？　それとも海上に浮かんで漂う感じ？」

数と飛び方の組み合わせだけでも、３×２＝６通りの解釈ができるのか！　と驚いた。自分は、なんとなく二、三羽が空を舞っているような、綺麗な絵葉書風のイメージを持っていた。これまでの注釈書のほとんどが飛翔説をとっているとのことだが、佐佐木先生の解釈は違った。飛んでいるとすると視線の動きが大きく慌ただしい感じがする。「染まずただよふ」という表現からは、もっとゆったりと「ながめ」の時間を過ごしている印象がある。よって「海に浮いている」という考えだった。さらに「孤独」を読みとるには一羽という見方もできるが、それではむしろ端的すぎる。牧水の孤独は、もう少しカオスを持った猥雑な感じのもので、二、三羽いたほうが牧水らしいのではないか、というものだった。

そう聞いてしまうと、そうとしか思えない。もちろん、そうでない鑑賞を否定するものではないが、短歌の解釈と鑑賞の面白さに目覚める体験となった。

ちなみに、歌集『海の声』の表紙絵は、おそらくこの一首がモチーフになっていると思われる。描いたのは平福百穂《ひゃくすい》。一羽の鳥が、ややうつむき加減に飛んでいる。表紙は牧水の依頼によるものだ。『海の声』出版当時——処女歌集を出した思ひ出」という随筆の一節には、次のようにある。

表紙画をば平福百穂氏に頼んだ。どうして氏に頼む様になつたのだつたか、はつきり思ひ出せないが、恐らく同氏の絵が好きで、突然訪ねて行つたものだつたらうとおもふ。当時氏は千駄ケ谷だか青山裏だかに下宿して居たので、なかなか出来て来ない絵を幾度となく恐る恐る其処まで催促に行つた事を覚えて居る。その附近が霜とけでひどかつた。或る時はその門前まで行つて、二階での氏の笑ひ声を聞きながら中に入りかねて帰つて来た事などあつた。

平福は雑誌「新声」の表紙をたびたび手がけており、それで牧水は気に入ったのかもしれない。すでに知られた画家だったが、同時にアララギの歌人でもあり、やや無謀な牧水の依頼を受けたのだろう。この遠慮がちな文章を読むかぎり、牧水が絵の構図などに口出しできる雰囲気ではなく、つまり表紙は、百穂の「白鳥は」の解釈だと思われる。「一羽が飛んでいる」に一票、というわけだ。

私自身は、佐佐木先生の解釈に、いたく感銘を受け、だからこそ後述する本歌取りの一首が生まれた。

その後の牧水との大きな縁は二〇〇六年。第四歌集『プーさんの鼻』が若山牧水賞をいただいたことにより、久しぶりに本腰を入れて勉強をした。牧水賞には、いろいろなものが、もれなくついてくる。宮崎日日新聞に、牧水についてのエッセイを三回にわたって書くことや、牧水についての講演を行うことなどなど。受賞者はいやおうなく牧水に向き合うというシステムで、牧水研究の深まりや牧水評価の高まりのきっかけの一つともなっている。

勉強の過程で大悟法利雄の『若山牧水新研究』を読み、あれほどの恋歌が生まれた根本海岸への旅が、二人きりではなかったことを私は知った。「えええーっ」と声を出したような記憶がある。この時のショックから、いつか牧水の恋について書いてみたいと思うようになり、それが今やっと実現しているという次第だ。

「文學界」の編集者の方から、何か書いてみたいものありませんか？　と聞かれたのが、かれこれ七、八年前のこと。ずっと「あの旅が二人きりではなかった問題」が私のなかでくすぶっていたので、「牧水のことなら」と自然に答えていた。話をしたのは、当時住んでいた仙台にある和食屋さんだ。まさか紆余曲折を経て、自分が牧水の故郷である宮崎に住むことになるなんて、その時は夢にも思っていなかった。ここからは、風が吹けば桶屋が儲かるに近いような話で、かなり脱線してしまうのだが、しばらくおつきあいいただければと思う。

資料や評伝などを読み、準備を始めていたころ、東日本大震災が起こった。余震と原発事故の心配から、私は小学一年生の息子を連れて、ひとまず那覇へ行き、さらに友人を頼って石垣島に落ちついた。最初は、春休みが終わるまで……くらいの気持ちだったのが、気がつけば五年も住んでいた。自然豊かな島の暮らしは、小学生男子には天国で、生き生きした息子を見ていると、これもアリだなと感じた。

「オレが今マリオなんだよ」島に来て子はゲーム機に触れなくなりぬ

全校児童が十数名の小規模校で、一年生から六年生までが一緒になって遊んでいる。海、滝つぼ、パイナップル畑。牛、ヤギ、カメ。釣り、エイサー、シュノーケリング。自分自身がゲームの主人公になって冒険をしているような日々。「オレがマリオ」という息子の言葉は、『プーさんの鼻』に続く歌集のタイトルになった。

歩くことさえ嫌いな超インドア派の私だが、島にいてはそうそう引きこもってもいられず、信じられないようなアクティブな毎日だった。つまり裏返せば、牧水についての原稿は、ついに一行たりとも書けなかった。

が、縁は続くもので、石垣島に引っ越した翌年から「牧水・短歌甲子園」という高校生の短歌の催しの審査員を依頼され、毎年のように宮崎県日向市へ行くことになった。日向は牧水の故郷である。夏休み中の催しなので、息子も連れていく。石垣―日向間の交通の便は悪く、四、五日の滞在になった。

さらに「木城《きじょう》えほんの郷《さと》」という宮崎県木城町の施設で、私が関わった絵本の原画展が開かれ、ここにも息子を伴い訪れた。すっかり自然児になっていた彼は、えほんの郷を大いに気に入り、夏と冬に催されるキャンプに毎年参加するようになる。

なんだかんだで、年に三、四回の宮崎滞在が数年続くなか、息子の中学進学のことを考えはじめた。石垣で住んでいた崎枝《さきえだ》という地域の中学校は、当時全校生徒が数名という規模。さすがに、もう少し人数がいる環境のほうがいいかなとも思う。市街地の大きな中学校へ通わせる家庭もあるが、運転免許を持っていない私は、車での送り迎えができない。ならば、市街地へ引っ越そうか。いや、しかし、私たち親子が五年間も楽しく暮らせたのは、自然の魅力だけでなく、この小さな地域のコミュニティが素晴らしかったからだ。ここから市街地へ引っ越すなら、日本のどこへ引っ越しても同じじゃないかとさえ思われた。じゃあ、どうする？　と考えたとき、宮崎が急浮上。私の所属する「心の花」という短歌の会の大きな支部もあり、友人知人はたくさんいる。息子にとっても、すでになじみの土地となりつつあり、無理なく移住することができた。

というわけで、それまでほとんど「書く書く詐欺」状態だった牧水についての文章にも、やっとやる気スイッチが入ったのだった。実際、宮崎に住んでいると、資料に出てくる地名や人名にピンとくることが多く、調べものもしやすく、地の利を感じる。若山牧水記念文学館があり、伊藤一彦館長にはしょっちゅう質問している。「初出を確認したいので『新声』を見たいんですが、どこで読めますか？」と聞けば「手元に復刻版があるのでお貸ししましょう」といった具合。「去年宮崎へ引っ越したと思ったら、もう牧水研究ですか（わかりやすいですね）（変わり身はやっ！）」的なことを言われることもあるが、そうではない。そこそこの曲折があって、今に至っている。

やっと桶屋が儲かるところまできたが、実はこの「牧水と私」という章を設けた大きな理由は、ここからにある。宮崎に住み、牧水の短歌を読みこんだ。第一章、第二章、第三章と書いてきたその過程で、今までは無意識だったあることに気づいてしまったのだ。

「デビューしたころの私、ものすごく牧水の影響受けてる！」

こういうことは、評論家とか後世の研究者が書いてくれるのをひそかに期待するのが、品のいい態度かもしれない。が、牧水はともかく、私が没した後に、頼もしい研究者が現れてくれるという保証はない。一番早く気づいた人間として、やはり書いておきたいなと思った。本人ではあるが。三十年前の二十代の歌人の作品として眺めたとき、明らかに牧水印が刻まれた作品が散見されるのだ。

俵万智の事実上の歌壇デビュー作となったのは、一九八五年、第三十一回角川短歌賞における次席作品「野球ゲーム」五十首である。中では、次の一首が話題を集めた。

「嫁さんになれよ」だなんてカンチューハイ二本で言ってしまっていいの

この年の短歌雑誌を見ると、石を投げればカンチューハイに当たるのではないかというくらい、あっちでもカンチューハイ、こっちでもカンチューハイである。「野球ゲーム」は連作なので、ゆるくストーリーが感じられるように構成されており、十一首目から、恋人同士とおぼしき二人が、海へと出かける場面になる。

どうしても海が見たくて十二月ロマンスカーに乗る我と君

根本海岸へ出かけた牧水と小枝子を思う。「どうしても海が見たくて」は、まさに牧水に重なる心境だ。時も、同じく十二月。年齢も、ほぼ同じく二十代前半。彼らは船に乗ったが、現代の我らはロマンスカーに乗りこんだ。

フリスビーキャッチする手の確かさをこの恋に見ず悲しめよ君

デートで海に来てはいるものの、どこか不安というか、信頼しきれていない感じ。牧水の恋にも、受け入れられつつ何故か拒まれているというアンビバレンツな悩みが、つきまとっていた。そのことが「悲し」という語で、繰り返し表現されたことは、これまで見てきたとおりだ。

日は海に落ちゆく君よいかなれば斯くはかなしきいざや祈らむ
君よなどさは愁れたげの瞳して我がひとみ見るわれに死ねとや

待望の根本海岸にいながら、牧水はこんな歌を詠んでいた。愁いに沈む小枝子の表情。喜びだけではない心情がうかがえる。俵の歌も、浜辺で戯《たわむ》れながら、フリスビーをバシッと受け止めるような手ごたえがないことを、「悲しめよ」と相手に投げかけている。

また、牧水の歌には、髪の香を詠んだものが多くある。

春の海のみどりうるみぬあめつちに君が髪の香満ちわたる見ゆ
松透きて海見ゆる窓のまひる日にやすらに睡る人の髪吸ふ

「野球ゲーム」にも、君の香りの歌があった。牧水の歌同様、香りというものの官能的な性質に加え、そばにいるという実感を与えるものとして、香りが歌の中で機能している。

君の髪梳かしたブラシ使うとき香る男のにおい楽しも
潮風に君のにおいがふいに舞う　抱き寄せられて貝殻になる

二首目は、海辺ゆえに貝殻の比喩となっているのだろうが、『別離』で追加された歌にも貝殻を詠んだものがある。

ものおほく言はずあちゆきこちらゆきふたりは哀し貝をひろへる

言葉を交わすことも少なく、ただ浜辺を逍遥《しょうよう》する二人は哀しい……そして貝殻などを拾っている。この一首は、さらに次の歌などとも心情が通いあうのではないだろうか。

砂浜に二人で埋めた飛行機の折れた翼を忘れないでね

実は、同世代の歌人である穂村弘から、この一首は啄木の歌の本歌取りではないかと指摘された。

いたく錆びしピストル出でぬ
砂山の
砂を指もて掘りてありしに

啄木作品は意外なものを掘り出し、俵作品は意外なものを砂に埋めていると言われれば、なるほど、説得力がある。が、登場人物が砂浜の恋人同士であるという点では、やはり牧水の歌とも重なって見えてくる。

また、相手が眠っているときに重みを感じているという次のような歌を、番《つが》えてみてもいいかもしれない。

君よ汝《な》が若き生命《いのち》は眼をとぢてかなしう睡《ねむ》るわが掌《たなぞこ》に

我が膝に幼児の重み載せながら無頼派君が寝息をたてる

牧水は掌に小枝子の重みを、俵は膝に恋人の重みを。完全に安心させてはくれない相手ではあるが、眠っているときにはしばし自分のもの……といった密かな満たされかたが、似ている。その満ちた感じを「重み」が象徴しているのである。

また、牧水は小枝子から目を離さず、ときには海ばかり見るなと言ったりしていた。

ともすれば君口無しになりたまふ海な眺めそ海にとられむ

御《み》ひとみは海にむかへり相むかふわれは夢かも御ひとみを見る

小枝子は、牧水の視線をもてあましたからこそ、海のほうを見ていたのではないだろうか。

「冬の海さわってくるね」と歩きだす君の視線をもてあます浜

これも「野球ゲーム」の中の一首だ。このとき私は、恋人のなかに牧水を見ていたのかもしれないとさえ思えてきた。

もちろん、自分には自分の恋愛体験があったわけで、だからこそそれを作品化したいと思った。その過程で、無意識に牧水の根本海岸での歌たちが——かつて心酔して読んだ経験が——有形無形に作用したのではないだろうか。こんな打ち明け話は余計かもしれないが、牧水の詞書「われその傍らにありて夜も昼も断えず歌ふ、」に近い状態が私にもあった。歌が、こぼれるように湧いてきて、それを次から次へと口にするものだから、しまいには「わかった、わかった。もういい」と口をふさがれたことを覚えている。

ところで、根本海岸で詠まれた次の一首を、伊藤一彦は、海と山を擬人化したものとして鑑賞している。

海哀《かな》し山またかなし酔ひ痴れし恋のひとみにあめつちもなし

上二句について、海を見て哀しい、山を見てまたかなしい、の解釈もなされているが（それは近代の「自我」に引きつけた解釈だ）、海は哀しい、山はかなしいとの解の方が『海の声』の読みにふさわしい。「かなしみ」を抱いているのは海そのものであり、山そのものなのだ。「白鳥は哀しからずや空の青海のあをにも染まずただよふ」の作でも哀しいのは「白鳥」であって、白鳥を見ている作者ではない。

（『若山牧水　その親和力を読む』）

卓見だと思う。「山ねむる山のふもとに海ねむるかなしき恋の落人の国」や「ともすれば君口無しになりたまふ海な眺めそ海にとられむ」も、山や海の擬人化だった。このことを頭に入れつつ、牧水が根本海岸から親友にあてた「キンガシンネン！」の葉書を思い出してほしい。その一節には、こうあった。

わが居るは安房の海に突きいでし最端なれば日は海より出で海に落つるなり海の中に大島浮きて旦夕煙を吐くその右に富士明らかに見ゆ

二人がデートを重ねた浜辺からは、富士山が見えたことが、わかる。そしてもう一つ、接吻の歌が、ここで初めて詠まれたことは指摘した。山の擬人化、富士山、浜辺、接吻。この四つのキーワードの前に、「野球ゲーム」の次の一首を置いてみよう。

砂浜を歩きながらの口づけを午後五時半の富士が見ている

もちろん、この歌を詠んだときには、根本海岸から富士が見えることは知らなかった。そこは偶然の一致なのだが、気分的には完全に響きあい、共通するものがある。

牧水の恋を、少し先回りしてしまうのだが、最終的に小枝子が彼のもとを去るのは、「野球ゲーム」の中の次のような心境だったのではないかと思われる。

気づくのは何故か女の役目にて愛だけで人生《ひと》きてゆけない

さて、「野球ゲーム」の翌年、「八月の朝」五十首で、俵万智は第三十二回角川短歌賞を受賞する。この一連にも、海を舞台にした恋の歌がずらっと並ぶ。冒頭の十首を引いてみよう。

この曲と決めて海岸沿いの道とばす君なり「ホテルカリフォルニア」
空の青海のあおさのその間《あわい》サーフボードの君を見つめる
砂浜のランチついに手つかずの卵サンドが気になっている
陽のあたる壁にもたれて座りおり平行線の吾《あ》と君の足
捨てるかもしれぬ写真を何枚も真面目に撮っている九十九里
まだあるか信じたいもの欲しいもの砂地に並んで寝そべっている

ぼってりとだ円の太陽自らの重みに耐ええぬように落ちゆく
オレンジの空の真下の九十九里モノクロームの君に寄り添う
寄せ返す波のしぐさの優しさにいつ言われてもいいさようなら
向きあいて無言の我ら砂浜にせんこう花火ぽとりと落ちぬ

舞台は、千葉県の九十九里浜。二首目は、明らかに「白鳥は哀しからずや」の本歌取りである。空の青にも、海の青にも染まらず漂っているのは、白鳥から「サーフボードの君」になった。牧水の歌を下敷きにしながら、「君」に向かって「哀しからずや」と呼びかけている一首だ。さすがにこれは、はっきりと牧水を意識して作った。逆に言うと、この一首だけが牧水の影響を受けた作品だと、自分では思っていた。サーフボードの君を見たときに、牧水の白鳥の歌を思い出せたのは、学生時代に聞いた佐佐木幸綱先生の解釈があったからだろう。それまでの自分の解釈――絵葉書のように数羽の鳥が空を舞っている――だったら、連想はしづらい。サーフィンは、まさに海と空のあいだに体を浮かべるもの。周囲の人たちも同じように楽しみつつ、一人一人は孤独だ。

具体的な言葉の重なりは「野球ゲーム」ほどではないが、海辺でデートしつつ相手を信じきれていない、恋の未来を明るく想像できないもどかしさが、一連を貫いている。その点では、幸せの絶頂にありながら、どこか不安な歌を残した牧水と、通じあうような気がする。たとえば根本海岸が舞台の「海よ人よ」にあった次のような歌を、私は思い浮かべる。

日は海に落ちゆく君よいかなれば斯くはかなしきいざや祈らむ
夕やみの磯に火を焚く海にまよふかなしみどもよいざよりて来よ
眼をとぢつ君樹によりて海を聴くその遠き音になにのひそむや

海に落ちゆく太陽、夕やみの焚火、樹木に寄りかかる君。これらは「八月の朝」の、ぼってりと落ちゆく太陽や、砂浜の線香花火が暗示する不安、壁にもたれて交わることのない平行線の足……そういう要素とも響きあうように見える。

さて、最後におまけとして第三歌集『チョコレート革命』に収められた次の一首を、あげておこう。

ゆりかもめゆるゆる走る週末を漂っているただ酔っている

これも、特に牧水を意識したつもりはなかった。が、ゆりかもめとなると、やはり

「白鳥は」が心のどこかにあって、この言葉遊びを思いついたのではないかと思えてくる。「ゆりかもめ」は東京の臨海部を走る列車だが、そもそもは東京湾で見られる白い鳥の名前だ。

「白鳥は……ただよふ」から「ゆりかもめ……ただよっている」へ。無意識のバトンを、受け取っていたのかもしれない。

第五章　疑ひの蛇

海哀《かな》し山またかなし酔ひ痴れし恋のひとみにあめつちもなし
君を得ぬいよいよ海の涯《はて》なきに白帆を上げぬ何のなみだぞ
山を見よ山に日は照る海を見よ海に日は照るいざ唇《くち》を君

ついに、ついに小枝子と結ばれた牧水。明治四十一年の新春に得た絶唱の数々は、恋の歌の代表作となった。右に掲げた三首をふくむ「海よ人よ」が掲載されたのは雑誌「新声」の明治四十一年二月号である。

それから一か月後の「新声」三月号には、「乱れ」と題する四十三首が発表された。恋を詠んだ一連ではある。が、そのトーンの暗さは、読む者をたじろがせる。たったひと月のあいだに、いったい何があったというのか。まずは、冒頭の五首を読んでみよう。

思ひ倦みぬ毒の赤花さかづきにしぼりてわれに君せまり来よ
生ぬるき恋の文かな筆ともにいざ火に焼かむ血のむらむら火
ひたぶるに木枯すさぶ斯る夜を思ひ死なむずわが愚鈍見よ
されど悲し火をも啖ふと恋ひ狂ひ安らに君が胸に果てむ日
胸せまるあな胸せまる君いかにともに死なずや何を驚く

不吉で陰々滅々な歌たちだ。一首目で「毒を持つ赤い花を盃に絞って迫って来い」と言ったかと思えば、二首目では「ラブレターを筆とともに焼いたら火は血の色になるだろうか」と言う。木枯らしすさぶ三首目では、死にたいと言い、そうは言っても、恋に狂って結局は君を抱いてしまう自分を悲しんでいる、というのが四首目だ。そして一緒に死なないかと五首目ではかき口説く。「生ぬるき恋の文」や「わが愚鈍」など、自分を否定するような表現が目立つのも気になるところだ。

明らかに、おかしい。二人のあいだに何があったのだろうか。それを推測する前に、この一連には珍しい歌が散見するので、まずはそちらを読んでみよう。珍しいというのは、恋人の言動が具体的に描写されていて、小枝子の実像が垣間見える歌たちだ。これまでも彼女を詠んだものは数多くあったが、黒髪が美しかったり、なんとなく愁いを含んでいたり、表情といってもせいぜい泣いたり笑ったりというくらいだった。

　わが怒《か》言《ごと》ききつつ君が白き頰に笑《ゑま》ひぞうかぶ刺せ毒の針
　微《ゑ》笑《み》するどしわれよりさきにこの胸に棲みしありやと添臥しの人
　千代八千代棄てたもふなと言ひすててつとわが手枕《ま》き早や睡るかな
　紅梅のつめたきほどを見たまへと早や馴れて君笑みて唇《くち》寄す

　一首目、牧水が何か怒って言葉を発した。そのとき彼女の白い頰には、笑みが浮かんだという。たまらなくなって叫ぶ、「毒針でもなんでも刺してくれ！」と。ゆとりを持っていなすような女の態度と、切羽つまった男の様子が、まことに対照的だ。この歌からも、何かぎくしゃくした様子が窺える。

　二首目はピロートークだろう。枕をともにしながら、「ねえ、私より先に、ここ（あなたの胸の中）に住んでいた女はいるのかしら？」なんて言いながら、彼女は微笑む。それも「微笑するどし」だから、柔らかい微笑みというよりは、何か言いたげな不敵な笑みである。小枝子、ちょっと怖い……と思うのは私だけだろうか。

　三首目の「千代八千代棄てたもふな」とは、「永遠に私のことを、お捨てにならないでね」という意味だが、その後がすごい。言ったかと思うと彼女は、さっさと男の腕を枕にして眠ってしまったというのである。「言ひて」ではなく「言ひすてて」とした牧水の気持ちを思う。なんだか取り残されたような気分が漂う表現である。小枝子、せめて返事くらい聞いてやれよ……と思うのは私だけだろうか。

四首目は、彼女のほうから口づけをしてくるという歌だ。「紅梅も寒そうですわね」なんて言いながら（つまり外？）うっすら笑みを浮かべて、唇を寄せてくる小枝子。けれど牧水が、この口づけを手放しで喜んではいないことが伝わってくる。「早や馴れて」に込められたのは、こんなに簡単に口づけをしてしまうことへの抵抗感というか、残念な気持ちだろう。なんといっても「いざ唇を君」の牧水である。女からすれば親しみの表現、あるいはサービスなのかもしれないが、少々興ざめな口づけだ。全体に、女のほうが余裕しゃくしゃくで、優位に立っている印象を受ける。姦通罪ということを思うなら、罪を犯しているとは知らない牧水よりも、既婚者である小枝子のほうが慄くべきところなのだが。一線を越えてしまったら、どこか吹っきれたのだろうか。

次に、この一か月に何があったのかを推理すべく、気になる歌を一連からピックアップしてみよう。

疑ひの蛇むらがるに火のちぎれ落すか花のそのほほゑまひ

疑の野火しめじめと胸を這ふ風死せし夜を消えみ消えずみ

「疑」という語が、二首ともに出てくる。一首目は、疑いを蛇という不吉な生き物にたとえ、その蛇が群がり、飛んできた火の粉のために花が落ちる……といった情景。その花がまた不気味にも微笑んでいる。

二首目は、疑いの炎が、自分の胸をじりじりと野火のように焼きつくすという歌だ。風のない夜、その炎はくすぶり続け、消えたりまた消えなかったりしているという。

小枝子は人妻で、すでに二人の子どもがいた。牧水は、そのことを知らずに恋に落ちてしまったわけだが、ここで言う「疑い」とは、そういった彼女の身辺への不信感だろうか。何か憐れな事情を抱えているらしいこと、折にふれ悲し気な表情を見せること、なかなか体の関係に進ませてくれなかったこと。そういったことから、何かしら重いものを持っている女性だとは薄々勘づいていただろう。だが、それは恋の初期からずっとそうだった。いよいよしっかり結ばれた今、あらためて疑うというのも解せない話だ。

もちろん、関係が進んだことで、小枝子のほうから少しずつでも何らかのことを話しはじめた可能性はある。結婚の経験があることくらいは打ち明けたかもしれない。しかし、そうならば、より心を開いてくれるようになったわけで、不信は薄らぐはずだ。

一連でもう一つ目立つのは、「恋ひ狂ひ辛くも獲ぬる君」「生命裂きつついま獲ぬる恋」「いま獲ぬる恋といへるは」「君を獲てこの月ごろの」など、「獲」という字を「える」に宛てていることだ。「海よ人よ」で「君を得ぬ」と誇らかに詠んでいたときは、素直に「得」だった。「獲」は「得」に比べ、単に手に入れたというよりは、競って獲物を我がものにしたという気分が、強くにじむ漢字である。

「疑」と「獲」。二つの漢字を並べてみると、もう一人の登場人物がいるのではないかと思われる。つまり、三角関係。大悟法利雄によると、それは小枝子の従弟の庸三だったようだ。以下、『若山牧水新研究』から引用する。

小枝子はいつか、隣室の従弟の眼が野獣のそれのようになってひそかに自分の部屋をうかがってでもいるかのように感じはじめた。(中略) 四十一年の春あたりから牧水は専念寺境内の下宿に帰らずに小枝子の下宿に泊ることが時おりあったが、次第にその回数が多くなっていた。それは小枝子の体に惹かれることが強くなったばかりではなく、彼女と従弟との間にいつどんな事態が起るかも知れないという不安が大きな原因でそれは牧水にとってはまことに浅ましく堪えがたいことだが、どうすることも出来なかったし、誰に話せることでもなかった。

誰に話せることでもなかったことを、なぜここまで詳しく大悟法が知っているかというと、当時牧水と同宿していた友人の直井の手紙を見せてもらったからとのこと。直井が、そのあたりの事情を、村井武という親友にあてて詳しく書いたという手紙、それによって知りえたと断言している。「乱れ」の背景には、庸三問題があったと見ていいだろう。

初めて小枝子と結ばれた安房国根本から「キンガシンネン！」という無上の喜びに満ちた年賀状を出した牧水。同じ鈴木財蔵にあてての二月一日付の葉書が残っている。

鈴木君、僕は近来或る大きな問題に逢着して日夜不安の境から脱するわけに行かずに居る、問題と云つたところで矢張り若き日の愁ひとでも云ふべきもので、寧ろ大に歓び祝ふべきであるかも知れないのであるけれど僕は苦しい、勝利の悲哀といふ言葉は何といふ惨しい意味を含んで居るであらう、

「日夜不安の境」という言葉には、庸三の影がちらつく。そして「勝利の悲哀」という表現。単に恋が成就したということであれば、勝ち負けで表す必要はない。想像の域を出ないが、すでに根本行の時から庸三がライバルとして意識されていたのかもし

れない。そんなことを思わせる「勝利の悲哀」である。なぜ勝利が悲哀になるのかと言えば、獲物を勝ち取った者は、次に奪われる心配をしなくてはならないから。恐れ、守り、不安におののく。だからこそ、単純に「得た」ものとしてではなく「獲た」ものとして、あらためて恋人を歌う必要があったのではないだろうか。疑心暗鬼にならざるを得ない心の状態は、たしかに「惨《いた》しい」。

同じ葉書の、続きを読んでみよう。

安房行もそのサブゼクトの一端に位置して居たのだ、徒らに酔ひ徒らに笑ひ徒らに喜ぶ奥の底に沈んで居る痛切な悲哀はなか〳〵に説明が出来にくい、僕生れて未だ二十幾歳をしか経てゐない、それでゐて案外に曲折の多い過去（一生）であつたやうな気がする、

「キンガシンネン！」と書いた時には、恋人と一緒だということは伏せていたが、ここでとうとう自分から白状した。そして、酔っぱらい、笑い、歓喜に満ちたその時間のなかで、すでに何かしら心の底に重く沈んでいたものがあったことを明かしている。文章の流れを考えると、「そのサブゼクト」には、単に恋愛だけでなく、牧水を「日夜不安」にさせている庸三のことが含まれているように読める。第二章で紹介した通

り、彼は牧水に豚カツなどを御馳走してもらうこともあり、よくなつき尊敬もしていた。牧水からすれば、かわいい弟分という感じだったのだろう。そんな庸三を疑い、ライバル視せねばならないとは。ただの三角関係以上に複雑で悩ましい状況だ。思わず「二十歳そこそこのオレには、手に負えない」と弱音を吐く牧水。心の消耗ぶりが伝わってくる。

根本に庸三が同行したことに関しては、姦通罪のある時代ゆえ、小枝子の保身が主な理由ではないかと推察した。が、庸三自身に「あわよくば」という思いが、なくもなかったのかもしれない。あるいは、牧水とそうならないために付いて行ったということも考えられる。そこを乗り越えて結ばれたのであれば、なるほどこれは「勝利」だろう。

葉書には、こんな言葉も書かれている。「君、恋は憶ふべきものですべきものでないかも知れぬ」。奇しくも、ちょうど一年前の同じ二月一日、財蔵あてに「恋！恋！　面白い道具だ。」と浮かれて書いていたのとは対照的だ。同じ人物とは思えない弱々しさだが、実際に恋を体験したからこその言葉には、説得力がある。「恋は想うものであって、するべきものではない」とは、現実の恋の苦労を味わった者にしか吐けない名言ではないだろうか。

「乱れ」の後半は、いっそう不吉な様相を呈してくる。

　君かりにその黒髪に火の油そそぎてもなほわれを棄てずや
　髪を焼けその眸《まみ》つぶせ斯くてこの胸に泣き来よさらば許さむ

　牧水は小枝子の黒髪をたびたび愛で、歌にも詠んできた。その黒髪に油を注いで燃やしても、なお私を棄てないかと迫っている。「君かりに」で思い出されるのは、根本海岸で詠まれた「君かりにかのわだつみに思はれて言ひよられなばいかにしたまふ」だ。海の神に懸想されて言い寄られたらどうする？　という、ある意味大らかな荒唐無稽さが魅力の一首だった。たとえそんなことがあったとしても、神にも負けないという自信が溢れていた。

　同じ荒唐無稽でも、愛する人の髪に火をつけるとは、穏やかでない。いわばこの歌は、相手の気持ちを試している。試さねばならないほど、自信が持てなくなっている。二首目も同様に、ありえないことを要求して、相手の愛を試し、確認しようという歌だ。髪を焼け、目をつぶせ、そしてこの胸に泣きながら飛びこんでこい。そうすれば、あなたを許そう……。無茶苦茶である。

　しかも、「さらば許さむ」とは、聞き捨てならない言葉だ。何らかの許しがたいことが、この時点であったのだろうか。

もちろん、短歌は、あったことそのままを書くわけではない。言葉を選び、推敲する過程で、事実とは離れていくことは当然ある。ただ、歌の出発点となる「心」の部分は、何かしら「あった」わけで、それがなければ歌は生まれない。牧水の場合、手紙類に記したり、雑誌に発表したりする時点では、かなりナマな気持ちがぶつけられているタイプの歌が多く、それを現実の恋愛とリンクさせて読み解くことは、さほど見当はずれのことではないだろう。後の牧水自身も、小枝子を指して「『別離』のヒロイン」という言い方をしているくらいだ。

さて、「乱れ」の終盤には、次のような歌が並ぶ。

あめつちに乾びて一つわが唇も死してうごかず君見ぬ十日
手枕よ髪のかをりよそひぶしに別れて春の夜を幾つ寝し
別れ居の三夜は二夜はさこそあれかがなひて見よはや十日経む
いざこの胸ちぢに刺し貫《ぬ》き穴《す》だらけのそをもてあそべ春の夜の女

十日ほど会わない（会えない？）日があったようで、悶々としている様子が窺える。君に会わない十日のうちに、カラカラに乾いてしまって、唇も死んだようになってしまったというのが一首目。

手枕や髪の香りを思い起こし、これまた悶《もだ》え苦しんでいるのが二首目だ。三首目の「かがなふ」は日数を指折り数えるの意で、二晩三晩ならともかく、数えてみろよ、もう十日だ、と嘆いている。いっそこの胸を千々に刺しぬいて穴だらけにして、弄んでくれと四首目は訴えるのだった。

二首目の「そひぶし」は「添い寝する女」を意味する語で、「微笑するどし」の一首にも出てくる。今まで、小枝子をこんなふうに呼んだことはなかった。最後の「女」も、短歌のなかではほとんど出てこなかった呼称である。これまでは「君」が圧倒的に多く、「人」や「汝」という表現がたまに見られた。「乱れ」には次のような歌もある。

床馴れてわれらに何の矜りある聴け戸のそとに桜ちる声
春の夕べ恋にただれしたはれ女《め》の眼のしほこひし渇けるこころ

「床馴れて」だの「ただれしたはれ女」だの、ずいぶんな言いようだ。もちろん「床馴れてわれら」だから、自分も共犯で、共寝することに馴れきった我らには、もう誇りなんてない、と開き直ったような言い草だ。恋に爛《ただ》れたバカ女と言いながら、その眼のなかの潮が恋しくて、心が渇いてしまうと告白もする。倦怠感のようなものが伝わってくるのは、肉体関係が日常のものになってきた時期の、倦怠感のようなもの。だからこそ十日も離れていては、狂いそうになるのだが。この十日は、いったい何だったのだろう。疑ったり、無茶を言ったりする牧水への、小枝子からの軽いお仕置き？……というのは、妄想が過ぎるだろうか。

「たはれ女」「そひぶし」「女」。恋愛の相手をどう呼ぶかは、思いや距離を象徴する。「君」や「汝」に混ざって、このような呼称が見られるようになったことは、興味深い。肉体関係を持って、距離が縮まるとともに、少しぞんざいな呼称になった。さらに言えば、より肉体のほうに重心が移ったような言葉たちである。

鈴木財蔵には、四月十四日にも長い手紙を書いている。そこでは、しみじみ人が恋しいと書き、心がいたずらに激して筆もすすまないと書く。雨に包まれる自分の部屋を描写し、そこにぽつねんと居る自分を描写する。そしてついに、我慢できなくなったとでもいうように、本音をぶちまける。

アー、ウルサイ、こんなまはりくどい筆つきはもう止めだ、要するに君、バカに今夜は淋しい晩だ、

僕は君或る一人の女を有《も》つて居る、その女をいま自由にして居る、また、されて居

る、
恋といふものださうだ、こんな状態にある両個男女間の関係を、
なんといふ寂しいものだらう、

「有《も》つて居る」とは、女性の側からすると抵抗を感じる表現であるし、こんな断言のしかたは牧水には珍しい。おもちゃの取り合いをしている子どものようでもあり、やはり庸三を意識した表現なのではないかと思われる。

「自由にして居る」というのもなかなか不遜な表現だが、かぶせるように「また、されて居る」としているところが正直だ。自由にしている、と強がってみせた直後に、いや、現実は……と思い直したような息づかいである。そしてまた、性的なニュアンスの強い表現でもある。

「恋といふものださうだ」という他人事のような突き放した言い方は、どうだろう。かつて財蔵への手紙で、さかんに恋を語り、ラブ論を展開していた牧水だが、つまり恋とはこういうものだったと、非常に冷めた物言いになっている。

肉体的に結ばれることは、恋の山場であり、一つの頂点ではあるだろう。「海よ人よ」は、登頂の喜びと達成感に満ちた一連だった。だが、そこを目指していたときには見えなかった景色が、山の頂上からは見える。牧水が見たものも、ただ美しい景色

だけではなかったようだ。」いやむしろ「なんといふ寂しいものだらう」と嘆息せざるを得ないような景色だった。

長い手紙の続きを読んでみよう。


昔の人は恋を絶対に安置して居た、だから恋すれば天地悉く消滅、われもなくかれも無かつた、が、近頃はさうでない、先日頃新聞でやかましく叩かれた森田白楊の恋人が「君とわれとは要するに二個の存在に候」と書いたが如く、この自我意識のいよ〳〵濃密になればなるだけ絶対の恋といふもの、、権能は薄らいで来るわけだ、恋文《ラブレター》にこんな文句が入つて来るやうになつては恋ももうお仕舞だ、

「昔の人は」と書いているが、そこには「昔の自分」も含まれて、投影されているのではないか。昔の恋は絶対の存在で、ひとたび恋に落ちれば、世界はただ二人のためのものとなり、誰もが我を忘れてしまう……「天地悉《ことごと》く消滅」とは、まさに根本海岸での二人を思わせる。

新聞で云々のくだりは「塩原事件」と呼ばれるもので、明治四十一年三月、漱石門下の森田白楊（草平）が起こした心中未遂事件のことだ。恋人とは平塚明子《はるこ》（後のらいてう）で、「君とわれとは要するに二個の存在なのである」とは、いかにもきっぱりと

した物言いで印象深いが、牧水は辟易している。恋とは、自我がどうのというより、我を忘れて没頭するもの、というのが基本的な思いなのだろう。「絶対の恋」への崇拝とあこがれが感じられる文面である。

ちなみに明子が森田へあてた手紙が、当時の新聞記事で読むことができ、たとえばこんなくだりがある（「万朝報」明治四十一年三月二十七日）。「先生と私とはどこ迄も二個の存在に候よ、頭も相反せる方向に走れば心臓も全くいれ違にうつものなるべく候、」。もしかしたら牧水は、こういうしゃきしゃきした文章を熱心に読むあまり、「有つて居る」「自由にして居る」など、普段は使わない言い回しをしてしまったのかもしれない。「両個男女間の関係」というのも明子っぽい表現だ。

牧水は手紙の続きで、恋の苦悩の解決策については次のように語っている。

　僕は君、これは真面目な話だが、もういつそのこと結婚して了はうかと思ふ、そしたらいよいよ淵の中に打沈められたやうで、却つて一種の安心を獲るだらうと思ふ、その淵の中で溺死して了ふか否かは甚だ苦痛多き希望であらねばならぬが、とにかくその方がよさゝうだ、如何だらう、

恋愛の打開策としての結婚、と読める。結婚してしまえば、少なくとも疑心暗鬼に

なったり、会えなくて寂しい思いをしたりはしなくてすむ。恋愛が大海原を行くようなものだとしたら、結婚は区切られた池か沼地のようなもの。とりあえず魚は、逃げない。そういう状態を、とにかく作り出したいということだろう。小枝子相手に、もしかしたら自分のほうが溺れてしまう可能性もある。が、それでも「一種の安心」は得られるというわけだ。

右の文章に続けて、牧水は奇妙なことを付け加えた。

一言を附す、女は極めて平凡の方なり、然しまた加へて言ふ、われらはお互ひに惚れた仲なりとわれ見る、

「極めて平凡」だなんて、わざわざ言わなくても、と思うのだが。先ほどの平塚明子を、まだひきずっている。僕の恋人はそういうタイプではないと言いたかったのだろう。小枝子は、ひたすら美しかったが、文学に興味があるとかいうことはなく、まして明子のような「新しい女」ではなかった。

「お互ひに惚れた仲なりとわれ見る、」というのも、ずいぶん持って回った言い方だ。そんなこと百も承知というか、だからこそ結婚まで考えているというのに。ここで自分なりに念を押さねばならないところが、逆に自信のなさを表わしているようにも見

える。締めくくりの「われ見る」も、明子の文体の影響が感じられるところだ。

この手紙をつづった翌朝、財蔵のほうからも葉書が届き、喜んだ牧水はさらに返事を書き連ねている。財蔵も恋の悩みを抱えていたようだが、牧水はそれを「君よ、君は常に清い温かな寂しいあくがれを追うて、日も夜も断えず煩悶して居る、君の胸のいたみは影が投げた影である、」と指摘する。まだ恋に恋して憧れていたころの自分を見るような思いなのだろう。対して自分はというと「羨むべき友よ、僕にはもうその矜《ほこ》りは無くなつた、消さうとして消すことの出来ぬいかつい現実のために胸はもう永久拭ふべからぬ創を彫みつけられて居る、」状態だと嘆く。嘆きつつ「その悲哀の底に横はることは寧ろ僕のよろこびである、」とも書く。

恋はもう、憧れるものではなく、「いかつい現実」となってしまった。胸には永久ともいうべき傷がついている。つい三か月ほど前に結ばれたばかりだというのに。このどんよりとした展開には、やはり庸三の存在が影を落としているのだろう。長い手紙は、次のような言葉とともに、大量の短歌で終わっている。本人は「なかなかいい」と自賛しているが、いっぺんに受け取ったら、かなり胃もたれしそうな濃度の歌たちである。

昨夜、君へ書いたあと、すぐその筆で女へ書いた、ずゐぶんと無茶を書いた、が、要するに恋しいのだ、その手紙の端へ歌をも書き加へた、なか〳〵いゝのがある、手紙は破つたが、歌だけはとつてある、次の如し、

いざ行かむ行きてまだ見ぬ山を見むこの寂しさに君は耐ふるや
わが恋の影を見おくる山々に入日きえゆく峡にたたずみ
みだれゐしこころごころは一すぢのさびしさなしつ君恋ひてゆく
あな恋しすさみ乾れゐしわが胸の昨日をゆるせやよ恋人よ
恋し恋しあな君恋しさびしさにいまわれ消えむさらばわが君
若ければわれらはかなし泣きぬれてけふもうたふよ恋ひ恋ふる歌
さびしさはいとあたたかうわが胸によもすがら燃ゆ恋しき人よ
恋人よわれらはかなし青ぞらのもとに涯なき野のもゆるさま
世にふたつ枕わかれて相添はぬ幾夜なるらむ神にたづねむ
君来ずばこがれてこよひわれ死なむ明日はあさては誰知らむ日ぞ

ひたすら恋しく、ひたすら寂しい歌たち。最後の二首を見ると、関係が持てないことを、生々しく嘆いている。

これらの歌の中では、一首目の「いざ行かむ」がよく知られている。自信作だったようで、「新声」六月号に発表し、第二歌集『独り歌へる』では巻頭に据えられた。

かつて詠んだ「幾山河」に連なるような、旅と人生の重ね合わせが印象深い。「幾山河」では旅人は自分一人だったが、「いざ行かむ」では、ともに旅をする「君」がいる。そして、一緒に寂しさに耐えられるかと呼びかけている。そこが大きな違いだ。この時点で、人生という旅の伴侶として小枝子を考えていたことが、よく伝わってくる一首である。

第六章　わが妻はつひにうるはし

恋愛の終わり方は、さまざまだ。穏やかに着地するように別れが訪れることもあれば、スパッと幕がおりるような唐突な別れもある。牧水と小枝子の場合は、螺旋《らせん》を描きながら落ちてゆく紙飛行機のように見える。進んだり戻ったりしながら、徐々に終末へ向かっていった。しかも、時おり風が吹いて、ふわっと舞い上がるような瞬間がある。そのときは持ち直し、小康状態になるのだった。

同じ屋根の下にいる庸三と小枝子の仲を疑いながらも、彼女に惚れていることに変わりはない。互いの下宿を行ったり来たりの日常の中では、前章で見たような毒々しい疑惑の歌や不安の歌が多く生まれた。

明治四十一年に出版された第一歌集『海の声』の終盤には、次のような歌がある。

恋しなばいつかは斯る憂《うき》を見むとおもひし昨《きそ》のはるかなるかな

恋をすれば、もちろん楽しいことばかりじゃない。辛い目にもあうだろう。そんなことを漠然と思っていた日を思い起こすと、なんてはるかな昔に感じられることか。たとえば第一章で紹介した、親友あての牧水の手紙。書かれたのは明治三十九年十二月だった。「若い時代《ユース》、青春時代《ユース》！　今が花だからね。自分はなるたけこの時代に多くの印象を受けておかうと念つてをる、青年時代の回顧、それがたゞ真面目一方の学校生活ぢやあんまり花も咲くまいぢやないか！（中略）その間には花もあれば実もあらう、または苦い葉も枝もあるだらう。」夏に小枝子との出会いがあり、恋の予感に満ちていたころだ。

当時は、一般論、抽象論でしかなかった「憂《うき》」は、ただ苦い葉や枝にたとえられるだけだった。恋の喜びが花や実であり、苦しみは枝葉末節、味つけくらいの扱いだ。いかにも恋の初心者らしい発想である。そんなふうに感じていたのは昨日のことのようにも思えるが、あの頃の自分とは、ずいぶん隔たったところまで来てしまった。そんな感慨が、ほろ苦くにじむ一首である。今では、恋のメインは「斯る憂《うき》」。具体的な「このような辛さ」として目の前にある。

おのづから熟《う》みて木《こ》の実《み》も地に落ちぬ恋のきはみにいつか来にけむ

第二歌集『独り歌へる』の冒頭から三首目には、こんな歌がある。恋の果実は、もう熟しきって落ちてしまった。知らぬ間に、恋愛の頂点はもう極めてしまったようだ、という。熟した喜びというよりは、熟れて地面に落ちるところに焦点がある。何事にも終わりがあるものだ、というように。

『独り歌へる』の「自序」によると、『海の声』の編集作業が終わったのが明治四十一年の四月二十日ごろ。そして、それ以降の作品を『独り歌へる』に、ほぼ制作順に収めたという。前章でとりあげた「いざ行かむ行きてまだ見ぬ山を見むこのさびしさに君は耐《た》ふるや」は、四月十四日の手紙に記されていたもので、『独り歌へる』の冒頭に置かれている。同様に記されていた「若ければわれらは哀《かな》し泣きぬれてけふもうたふよ恋ひ恋ふる歌」は、冒頭から七首目にある。厳密ではないものの、だいたい四月中旬前後に、第一歌集と第二歌集の境目がありそうだ。

同じく『独り歌へる』の「自序」によると、「たしか同月廿五日の夜武蔵百草山に泊つた時を以て始つて居る」とのこと。上巻に「(以下或る時に)」という註があり「(以上)」で終わる十三首があって、それをさすものと思われる。恋の紙飛行機に、一瞬優しい風が吹いて、舞い上がったときの一連だ。

明治四十一年四月下旬、牧水は小枝子を伴って、百草園《もぐさえん》(多摩丘陵の一角、日野市)に二泊の小旅行をした。年末年始の根本海岸以来のことだ。『武蔵野』を愛読していた牧水は、それまでも何度か足を運んでいて、土地勘があった。旅という非日常が、普段の細かいあれこれを忘れさせてくれたのか、とても穏やかな愛に満ちた一連になっている。疑惑にまみれた毒々しい歌たちとは、まるで表情が違う。庸三の手の届かないところに、小枝子を連れ出せたという安心感もあったのかもしれない。

まずは、その十三首を読んでみよう。

　うちしのび夜汽車《よぎしや》の隅にわれ座《ざ》しぬかたへに添ひてひとのさしぐむ（以下或る時に）

　野のおくの夜の停車場《ていしやば》を出でしときつとこそ接吻《きす》をかはしてしかな

逃避行の趣《おもむき》のある一首目。後に紹介する森脇一夫の聞き取り調査によると、宿の女性からは庸三のことは出てこない。今度こそ二人きりの旅だったのだろう。「さしぐむ」は涙ぐむの意。隠れるように夜汽車の片隅に席をとる男、寄り添う女の目には涙。映画の始まりのようなワンシーンだ。

到着して駅を出ると、人目のつかぬ薄暗がりで、もう唇を合わせたいと男は思う。「てしかな」は願望なので、実際に口づけをしたわけではないが「つとこそ（さっと）」が、いい。ふと目が合って、あうんの呼吸で、心のなかではもう口づけていると言っても過言ではない雰囲気だ。差し込むように「好き」と感じる瞬間が表現されている。そして、接吻を「きす」と読ませ、ハイカラな気分が漂う一首でもある。

摘みてはすて摘みてはすてし野のはなの我等があとにとほく続きぬ
山はいま遅き桜のちるころをわれら手とりて木《こ》の間あゆめり
鬢《びん》の毛に散りしさくらのかかるあり木《こ》のかげ去らぬゆふぐれのひと

一転して三首目、四首目、五首目は、明るい戸外、百草山の散策シーンだ。二首目から三首目の間には、当然一泊している。その行間に流れた夜の時間を想像させる語として、先ほどの「接吻」が、連作の中で効いてくる。

ここは牧水のテリトリーだったので、道も草花もよく知っていた。野の花を摘んでは、地面に落としてゆく。「摘みてはすて」のリフレインが、軽やかな仕草を思わせる。二人が歩いた道を、確かにあったこととして証明する花の連なり。パン屑を置いて進んだ「ヘンゼルとグレーテル」を彷彿とさせる光景だ。この花が未来へも続いてほしいという願いが見え隠れする。

桜の歌のほうは、ぐっと二人にクローズアップ。都心よりも桜が遅いというところに、日常を離れた気分が漂う。その樹間に手を取り合いながら、歩みを進める二人。なんの問題もない幸せな恋人同士のようである。夕方になっても、彼女は去りがたいような風情。黒髪と、はらはら散りかかる桜の花びらの取り合わせが、なまめかしくも美しい。

木《こ》の芽《め》摘みて豆腐《とうふ》の料理《れうり》君のしぬわびしかりにし山の宿かな

小枝子が料理をしたという一首。別々に下宿住まいをしている二人なので、非常に珍しい場面だ。これも旅の醍醐味だろう。木の芽田楽か、湯豆腐の薬味に木の芽を使ったりしたものか。いずれにせよ素朴で質素な印象だ。「わびしかった」とは、決してプラスの言い方ではないが、それでも鄙《ひな》びたよさというか、非日常感を伝えて、完全なマイナスでもない。つましいながらも、じんわりした幸福感がにじむのは、やはり「恋人が自分のために料理をしてくれた」ということが大きいからだろう。

春の日の満てる木の間にうち立たすおそろしきまでひとの美し
小鳥よりさらに身かろくうつくしく哀《かな》しく春の木の間ゆく君
静かなる木の間にともに入りしときこころしきりに君を憎めり

君すててわれたただひとり木の間より岡にいづれば春の雲見ゆ

七首目から十首目までは、春の木の間が再び舞台となっている。「おそろしきまでひとの美し」という最大限の賛辞は、まことに素直な気持ちの表白だ。あらがうことのできない恐怖をさえ感じさせる美しさとは、いったいどれほどのものだったのか。以前にも書いたが、小枝子の美しさは誰もが認めるところだった。見慣れたはずの美しさが、旅というステージを得て、再認識されるような歌が続く。

八首目は、小鳥よりも軽やかに、木の間を舞うようにゆく小枝子の美しさが捉えられている。ただし「哀《かな》しく」という語が添えられて、この時間が限りあるものであることを匂わせる。

静かな木の間に一対一で向き合うとき、「こころしきりに君を憎めり」という感情も湧く。ここまで自分の心を奪い、嫉妬や疑いという醜い感情を抱かせ、そのうえ恐ろしいほどの美しさを見せつけるひと。「憎めり」は、毒を持った憎悪ではなく、「なんて美しいんだ！　どれだけ惹きつければ気がすむんだ！」という甘い抗議のような気分ではないだろうか。たぶん牧水にとっては、ただ深い感情をこの女に持っているという意味では、愛も憎も同義語だったのだろう。

夏のはじめ、私も百草園に足を運んでみた。野鳥の声が豊かに聞こえ、木々はうっそうとしている。まだ紫陽花《あじさい》が見ごろで、都心よりは季節がゆっくり進んでいるように感じられた。散策のコースは広く、けっこうな急勾配も多い。「君すてて」の歌は、健脚の牧水に付いて来られなくなった小枝子を置いて、一人岡に上ったたという場面だろう。そこには、ぽっかりと浮かぶ春の雲。やや我に返ったような気分がうかがえる一首である。

ラスト三首は、室内へと戻る。

山《やま》の家《いへ》の障子細目《しやうじほそめ》にひらきつつ山見るひとをかなしくぞ見し

ゆく春の山に明《あか》る雨かぜのみだるるを見てさびしむひとよ

狭《さ》みどりのうすき衣《ころも》をうち着せむくちづけはてて夢見るひとに（以上）

部屋の障子を少し開けて、山を見るひと。十一首目は日本画のような構図で、絵画性が印象に残る。そのひとを見つめるまなざしにこもる「かなし」という思いには「哀し」と「愛し」の両方があるだろう。三首前では「哀し」という漢字を使っていたが、ここは「かなし」なので含みがある。

外出できないことを残念がるように、山に降る雨を見つめる横顔。「さびしむひとよ」とだけ言って、作者の感情は特に示されていない。彼女の存在そのものに、静かに感嘆しているような結句に、かえって思いがあふれている。

室内最後の歌であり、一連をしめくくる歌に、やっと「くちづけ」が出てきた。すでに女は夢のなか。そっと優しく着物を着せかけてやるという場面だ。非常に抑制がきいている。そのなかで「くちづけはてて」という表現に、すべてを物語らせた。根本海岸の時のような高揚感や、直接的な表現はない。が、日常を離れ、つかのまの幸せに浸る牧水の心情が、まことに余韻深く伝わってくる一連だ。

この小旅行に関しては、森脇一夫の著作に詳しい。牧水が明治三十九年四月以来、何度か宿泊したという百草山の茶屋喜楽亭の娘やまさんに、直接会って話を聞いている。牧水と小枝子が訪れたとき、やまさんは数えで十一歳だった。


かの女はいまもそのときのことをよく記憶していて、その美しい女性は、だれの目にもつくような長い袂《たもと》の着物を着ていたことだの、牧水たちに連れられて多摩川の方へ散歩に行ったとき、途中の小川を渡るのにその女性を牧水が背負ってやったことだの、昨日のことのように思い出されるといっている。

（『若山牧水研究―別離研究編―』）


やはり少女の目からも小枝子は美しい人で、牧水が着物の小枝子を負ぶってやったとは、微笑ましいエピソードだ。幼い女の子ゆえ警戒心もなく、二人は自然なふるまいができたのだろう。短歌とはまた違った生々しさを持つ証言である。「木の芽《こめ》摘みて豆腐《とうふ》の料理《れうり》君のしぬ」の豆腐も、やまさんが麓の店までおつかいに行って買ってきたものだと言う。

その女性を牧水は「園田さん」と呼び、やまさん親子も「園田さん」と呼んでいたことを今もはっきり記憶しているという。（中略）
やまさんはまた、園田さんというその女性は、簪《かんざし》の学校に通っていた人で、喜楽亭に来たとき美しい花かんざしをもらったということを覚えている。日本髪や額髪《ひさし》全盛のその当時には、そういう学校があったのかも知れないし、絵ごころのあった女性だということは確かであるから、そうした方面のたしなみがあったことも事実であろう。（同書）

小枝子の苗字が園田であることや、学校に通っていたことは、後に大悟法利雄が明らかにしているが、この時点ではまだ誰も知らないことだ。やまさんの証言が確かなものであることの裏づけともなろう。
「園田さん」というのは、ずいぶん他人行儀な感じがするが、宿の人の手前、そう呼んでいたのかもしれない。後の短歌では、牧水は「わが小枝子」と詠んでいる。ちなみに、大悟法の調べによると、小枝子の通っていたのは裁縫の学校で、主として造花を習い、それを問屋に出して得る賃金で生活していたらしい。しかし下宿代さえ滞りがちなほどで、暮らしは苦しいものだった。

ところで、百草山行きを詠んだこの十三首は、構成といい、一首一首の深みといい、非常に完成度の高い一連だ。どの雑誌に発表されたのだろう、初出はどんな感じだったのだろうと思って調べてみたのだが、どこにも見当たらない。当時牧水が作品を出していたのは「新声」「八少女《やおとめ》」「文章世界」「読売新聞」「かたばみ」などで、森脇一夫『若山牧水研究―別離校異編―』が、初出と歌集をつきあわせるという地道な作業をしていて、参考になる。『独り歌へる』に出てくる歌たちも、ほぼ初出が特定されるのだが、この一連では最後の一首が「さみどりのうすきころもをうち着せむくちづけはてて夢みる人に」という表記で「新声」明治四十一年六月号にあるのが確認されるだけだ。

これほどまとまりのある連作が、ごっそり初出がわからないというのは非常に珍しい。もしかしたら、わからないのではなく、初出は「ない」のかもしれない。つまり、歌集を作るときに、当時のことを思い出して新たに作って加えたのではないだろうか。『独り歌へる』の「自序」には、以下のようにある。

歌の配列の順序は、出来るだけ歌の出来た時の順序に従ふやうに力めた、前の歌集「海の声」の編輯を終つたのが昨年の四月の廿日頃で、それからの作はたしか同月廿五日の夜武蔵百草山に泊つた時を以て始つて居る、そして本書の編輯を終つたのは本年七月の十日頃偶然にも同じ百草山の頂上の家に滞在して居る時に於てゞあつた、

歌の配列は、制作順が原則だが「出来るだけ……力《つと》めた」と、やや曖昧な書き方をしている。それよりも目を引くのは、この歌集の編集作業を、百草山でおこなったということだ。一年前の四月に、小枝子と訪れた思い出の地。幸せだった時間が蘇り、歌が生まれたとしても不思議ではない。当時の心に戻って詠んだのならば、時系列としても歌集の始めのほうに置くのがふさわしい。

時間が経っているからこそ、映画を作るように客観的な目を持ちつつ、「幸福感」に特化して詠み、構成できたのかもしれない。そういう目で振り返ると、ほんとうに物語の登場人物のような二人である。

もう一つ想像を刺激されるのは、歌集の自序という場であるにもかかわらず、非常に具体的に日付までを出している点だ。まるで「これは、その時に作ったものです

よ」と念を押すかのように。

第三歌集『別離』において、小枝子との根本海岸での一連に、牧水は次のような詞書を付けている。「女ありき、われと共に安房の渚に渡りぬ。われその傍らにありて夜も昼も断えず歌ふ、明治四十年早春。」現実には、明治四十年の年末から四十一年の年始にかけての滞在であったから、本来なら「明治四十一年新春」とすべきところだ。この詞書については、長らく「牧水の記憶違い」「誤記」といったことで片づけられてきたのだが、伊藤一彦が異をとなえた。初めて小枝子と結ばれた年を、牧水が記憶違いするなんてことがあるだろうかと。

言われてみれば、ほんとうにそうだ。何十年も前の話ならともかく、ほんの数年前のことである。伊藤はさらに、『別離』の中で年が明記されているのはこの箇所だけで、強調すべく書いたものを間違えるというのは信じられないとも言う。そして歌集の構成上、この一連はここに置かれるのがもっとも効果的であり、ゆえに牧水はわざと「明治四十年」としたのだと結論づける（『牧水の心を旅する』）。

この心理にも似て、一連は確かに一年前の百草山行きの折に詠んだものだと強調すべく、牧水は四月二十五日とまで書いたのではないだろうか。聞かれてもいないのにアリバイを話す人のように。

同じ歌人として考えてみても、これほどの作品ができたら、どこかの雑誌に発表したくなるというもの。さしさわりがあって一生発表しないというような場合はともかく、歌集には収めているわけだから、やはり初出は「なし」で、歌集編集の折に新たに作られた一連ではないかと思われる。

小枝子との百草山行きは、第一歌集『海の声』の編集作業を終えて、ほっと一息というタイミングだった。歌集は、この年の七月には刊行されるのだが、問題の多い船出となった。第四章でも紹介した「『海の声』出版当時——処女歌集を出した思ひ出」という牧水の随筆によると、おおよその経緯は次のようなことである。

ある日突然、出版業をこれから始めようという上州の人が下宿を訪ねてきた。ついては、その第一号として先生の歌集を出したいという。驚きはしたが、嬉しくもあり、さっそく「新声」などに発表した作品をまとめた。大学の卒業試験と並行して（この年の七月が卒業月だった）校正刷りを見る日々。いよいよ表紙も本文も出来上がり、残りの代金を印刷所から請求されるという段になって、出版業は見合わせなければならなくなったと言われてしまう。困った牧水は、友人知人からお金をかきあつめ、それでも足りず師匠の尾上柴舟《おのえさいしゅう》から二十円の借金をして、なんとか出版にこぎつける。部数は七百部だった。

なんとも行き当たりばったりな出版で、歌壇でもそれほど評判にはならなかったようだ。「新声」明治四十二年一月号の「四十一年の短歌界」という文章の中で前田夕暮が取り上げ『海の声』は実にうるほひのある感じの深い歌が多かつたのにも係はらず、世間が案外に冷淡であつたのには驚かざるを得なかつた。」と書いている。百草山行き以降の明治四十一年の作品は、第二歌集『独り歌へる』のほうで読むことができる。「自序」には「私の歌はその時々の私の命の砕片である。」と書かれ、つまりこの歌集は「私の内的生活の記録である、その時その時に過ぎ去つた私の命の砕片の共同墓地である。」とも言う。

墓地という表現には、まことに暗いものを感じさせられるが、この「自序」を記した明治四十二年十月時点での感慨なのだろう。このような短歌への思いを知ると、小枝子との恋愛を詠んだ歌には、事実そのままではないにしても、牧水の本音が込められていると考えていい。実際、百草山以降の歌には、事実を越えた表現が出てくるが、むしろそれが牧水の心にとっての真実だったのだと思わせられる。百草山から帰って後、夏前あたりまでに詠まれた歌たちを『独り歌へる』から見てみよう。

古寺の木立のなかの離れ家に棲《す》みて夜ごとに君を待ちにき
ものごしに静けさいたく見えまさるひとと棲みつつはつ夏に入る
椎のはな栗《くり》の木《き》の花はつ夏の木《こ》の花《はな》めづるひとのほつれ毛

「古寺の木立のなかの離れ家」とは、専念寺という寺の境内にあった四畳半二間の離れ家だ。一間に牧水、もう一間に友人の直井が下宿していた。この三首を読むと、まるで小枝子と同棲しているような歌いぶりだが、それは不可能な住宅事情である。たびたび登場する大悟法調べによると、小枝子はこの頃、本郷の春木館という下宿屋にいて、隣室には従弟の庸三が住んでいた。

が、そういう現実はさておき、恋愛の充実感を詠んでとても魅力的な三首だ。

古寺、木立、離れ家……と、世の中からちょっと隔たった愛の巣を詠む一首目。そこで君の帰りを夜ごとに待つとは、なんと平穏な暮らしぶりだろうか。

物腰やわらかな彼女に、いっそうの静けさが加わり、二首目では互いはもう空気のよう。「ひとと棲みつつはつ夏に入る」という下の句のなめらかなリズムは、二人の一体感を感じさせる。共に棲みながら、季節の移り変わりを味わうというのは、単発のデートや旅行というイベントとは違う種類のものだ。こんなふうに牧水は、小枝子との時間が流れることを望んでいたのだろう。

三首目、椎《しい》の花や栗の木の花を愛でるというのは、同じ木の花でも、梅や桜とはニュアンスが異なる。晴れではなく褻《け》。より普段着に近い感じだ。また、椎や栗の強烈な匂いは、精液の匂いに似ていると言われる。ほつれ毛という、これも心許した感じのものとの取り合わせで、日常の中の健やかなエロスが匂いたつ一首である。「はな」「花」「はつ」「花」「ひと」「ほつれ」と、H音が全体を貫き、音の響きが爽やか。「はな」「花」「はつ」という漢字ひらがなの使い分けも入念で、それぞれが逆だったら、とても読みにくいことに気づかされる。

樹々《きぎ》の間に白雲見ゆる梅雨晴《つゆばれ》の照る日の庭に妻は花植う
くちつけをいなめる人はややとほくはなれて窓に初夏《しよか》の雲見る
わが妻はつひにうるはし夏たてば白き衣《きぬ》きてやや瘦せてけり

とうとう小枝子のことを「妻」と呼んでいる。ちなみに三首目の「わが妻は」は雑誌「新声」の明治四十一年八月号に発表されたもの。この時期二人が結婚していたという事実は、もちろんない。

が、それにしても幸福感に満ちた歌たちだ。一首目、梅雨の晴れ間のちょっとしたチャンスをとらえて庭仕事をする妻。季節感と動きがあって、とてもいい。花を植えるというのは、そこに定住する人にしかできないこと。切り花の恋ではなく、庭に咲く花のような地に足の着いた愛を、牧水は求めていたのだなと思う。

二首目は口づけを拒まれる歌だが、まぶしい初夏の昼間ということもあり、拒んだほうにも拒まれたほうにも、さして深い意味はない様子である。そんなふうに日常の一コマとして、ちょっと口づけようとしたり、さっと避けたりする、戯れのような場面だろう。ごちそうさま、と言いたくなる。

そして夏立つ日、白い清楚な衣装に包まれて、少しほっそりした彼女を見つめ「わが妻はつひにうるはし」と、牧水は目を細める。なんて、とことん麗しいひとかと。ややや痩せた、というような微妙な変化を感じることができるのも、日々を共有しているからこそだ。「つひに」には、もうなんだかんだいろいろ悩ましいこともあるけれど、やっぱり自分にとってこの人は大切なのだという結論に達した、というようなニュアンスが感じられる。

歌の中では、完全に結婚している。この年の四月十四日に、親友にあてた手紙で「僕は君、これは真面目な話だが、もういつそのこと結婚して了はうかと思ふ、そしたらいよいよ淵の中に打沈められたやうで、却つて一種の安心を獲るだらうと思ふ」と書いていたこととも呼応する。が、しつこいけれど、現実には結婚はしていない。もし現代のようにSNSが発達していたら、「あれ、牧水って結婚したの？」「相手の女、調べてみたけど既婚者だよ」みたいなことになりかねない。

いっぽうで、「新声」八月号に発表された「夕されば」という一連には「わが妻はつひにうるはし」とともに、次のような歌があり、牧水の揺れる心が感じられる。

このごろは逢へばかたみに絵そらごとたくみにいふと馴れそめしかな
わがひとよわれらかたみに相そむき斯くある日夜《にちや》いつ尽きぬべき

この頃は、会えば互いに絵空事を巧妙に言い合っている。そんなことにも馴れっこになってしまったという一首目。結婚の決意について親友への手紙に書いているくらいだから、そして「わが妻は」なんて歌を詠んでいるくらいだから、当然牧水は、一緒になろうと迫ったことだろう。人妻である小枝子は承諾できるはずもなく、なんだかんだと言い訳をして、先延ばしにしていたのだと思われる。「絵そらごと」は、もしかしたら小枝子の言葉かもしれない。七月に大学の卒業を控えている牧水だが、これといった就職活動もせず、文学で身を立てようと考えていた。互いの貧しさは明らかであるし、たとえ人妻でなくても、二の足を踏む。現実味のない話だと判断されてもしかたがない。

牧水にとって結婚は、庸三から小枝子を切り離したいという、恋愛上の打開策だった。歌集出版のいきさつからも窺われるように、いい意味でスレていないというか、世慣れていないところが牧水にはある。複雑な人生を背負っていたであろう小枝子と、そのあたりの齟齬《そご》は埋まるはずがなかった。

二首目も、「わがひとよ」と親愛の情を持って呼びかけつつ、互いに背き合う日々がいつ終わるのかと問うている。彼女が結婚を承諾せず、煮えきらない態度をとり続けていること自体が、牧水には裏切りのように感じられただろう。とはいえ「いつ終わるのか」という問いかけは、終わることが前提なわけで、そこが切なくもある。もしかしたら、このような言い争いのほうが現実では大半を占めていて、疑似的な結婚を思わせる幸福な時間は、さほどなかったのかもしれない。

だからこそ、牧水は歌ったのだとも思われる。「わが妻」と言葉にすることで、活字にすることで、現実のほうを引き寄せたかったのではないだろうか。言霊である。根本海岸の一連で、かたくななまでに庸三の存在を消していたのも、その逆パターンではないか。ひとたび言葉にしてしまったら、その存在を現実に定着させることになってしまう。

樹々《きぎ》の間に白雲見ゆる梅雨晴《つゆばれ》の照る日の庭に妻は花植う
わが妻はつひにうるはし夏たてば白き衣《きぬ》きてやや痩せてけり

言霊の力を信じた牧水。あるべき現実を手繰り寄せようとして歌った牧水。そういう目で、あらためてこの二首を読むと、彼の純情が胸に迫ってくる。

第七章　わかれては十日ありえず

明治四十一年七月、牧水は早稲田大学文学科英文科を卒業、その後第一歌集『海の声』を出版した。大悟法利雄『若山牧水新研究』によると「学校を卒業しても、純文学志望の牧水にはふさわしい就職口などはなかったし、第一、牧水自身、それほど真剣に就職口を探したような形跡も見えないのである。」とのこと。

郷里宮崎の家族や親戚は、大学まで出たのだからと立派な就職先を期待している。姉夫婦には、資金的な援助もかなりしてもらった。しかし文学と無縁の人生など考えられない。そんな宙ぶらりんな状態のなか、いいアルバイトの口があるので、信州軽井沢へ来ないかという誘いがあった。悩ましい就職問題、膠着《こうちゃく》状態の小枝子との恋愛。牧水としては、気晴らしをしつつ小遣い稼ぎができるなら一石二鳥だ。『海の声』出版時に余儀なくされた借金を、返済したいという思いもある。というわけで七月の下旬ごろ、早稲田の学友だった土岐《とき》哀果（善麿《ぜんまろ》）とともに軽井沢へ向かった。

が、翻訳に関わるという仕事の内容は極めてつまらないものだったようで、早々にバイトのほうは辞めてしまう。ただ、軽井沢の気候風土は素晴らしく、西洋人が大勢いる様子なども珍しく、二人はしばらく留まることにした。アルバイトに誘ってくれたのは早稲田の後輩で、彼が借りていた六畳と二畳の二間に、三人で自炊しながらの滞在だった。

この時のことは、牧水が二年後に軽井沢を再訪して書いた「火山の麓」と、大正九年の「秋草の原」という随筆に詳しい。軽井沢の風情や三人の若い男子の人間模様などが、生き生きと綴られている。また、時間をおいての執筆なので、当時の自分の恋愛についても、客観的に振り返っているところが興味深い。

僅か二年前！　けれ共私には既に一世紀も距つてゐる昔の様な気がしてならない。あの時分にはT君も私も水々しい少年清教徒であつた。私の恋といふもの、殆んど極度に達して居た頃で、軽井沢に来てゐながらも殆んど二十四時間の全部を捧げて私は恋人のことを思つてゐた。
（「火山の麓」）

この二年の間に、百年分くらいの苦悩があったことを思わせる。T君というのは、同行した土岐哀果のことで、彼も熱烈恋愛中。軽井沢で摘んだ草花を小包で送るというようなロマンチックなことをしていた。相手の女性とは手紙のやりとりも頻繁で、後に結婚している。友人の順調な恋愛を横目に、牧水のほうは、二十四時間全身全霊で小枝子を思うのみであった。もちろん手紙を書き送ることはしていたようだが、ここで気になる記述がある。

私もT——君に劣らず、せつせと東京の方に手紙を書いた。けれどそれに応ずる返事といふものは一つも無かつた。T——君たちの二人は許された恋仲であり、私どものは固く禁ぜられたそれであつたのだ。私はわざとにも公然と自分の人にあてゝ手紙を書いた。彼女の母なり兄なりの手にそれが入つて、そのためにこちらの心持を幾分なり了解して貰へれば幸であると思つたからであつた。（「秋草の原」）

「固く禁ぜられた」とは、聞き捨てならない表現だ。大正九年、すなわち十年以上の時がたったからこそ、ぽろっと書かれたことのように思われる。当時の手紙や短歌には、そういうことは出てこない。「兄」は、「火山の麓」にも登場する。そのくだりを見てみよう。

其頃私の恋人の兄は瀕死の病気にかかつてゐた。不幸な家庭にある彼女が命を賭して兄の看病に従つてゐる有様は鉛筆の走り書きの彼女の消息で眼に見える様で絶えず私をはら〳〵させて居たものである。

どうやら小枝子の兄が東京にいて、重い病にかかっており、看病をしているようだ。そのため母親も上京したのだろうか。そしてこの兄や母が、牧水から小枝子あての手紙を監視し、取り上げているというふうに読める。何度か書いたように、小枝子は既婚者で二人の子どもまでいる。家族が恋愛を知ったら、反対するのは当然のことだろう。看病を機に知ったのか、あるいは従弟の庸三が耳打ちしたのか。

何も知らない牧水だけは、わざと見られるように小枝子あてに手紙を出し、「こちらの心持を幾分なり了解して貰へれば」と考えている。自分が真剣に交際し、結婚も視野に入れていることを伝えたかったのだろう。しかし家族にすれば、そのこと自体がとんでもない、ということになる。

「不幸な家庭にある彼女」とは、つまりそういうふうに小枝子が説明していたということだろう。結婚のことをうやむやにするために、多少フィクションを交えて話していたことと思われる。小枝子の生い立ちについては、大悟法利雄が足を使った調査をしていて、町役場へ赴き戸籍抄本をとったりしている。個人情報保護法のある今では考えられないことだが、親切な戸籍係の人たちが一緒になって手伝ってくれた結果を、要約すると次のようなことになる。

小枝子の父大介は瀬戸田町大字瀬戸田十七番屋敷山本平右衛門の四男であり、明治二十一年に豊田郡本郷村の児玉家の養子となったことを知り得たが、その年月が相違ないとすれば、明治十七年生れの小枝子を産んだのは戸籍上の母親児玉カズではないことになる。そしてその父親の大介は明治三十年に鞆町園田直三郎の母キサの夫となっているが、園田直三郎というのは小枝子の夫となった人である。（中略）まことに複雑極まる家庭で、小枝子という女性は、幼い時からちょっと類のないほど数奇な運命の手に弄ばれていたことがはっきりとわかる。（『若山牧水新研究』）

一度読んだくらいでは、なかなか頭に入らないが、つまり小枝子の夫は、父親の再婚（あるいは再々婚？）相手の息子だったということになる。手紙を取り上げ、交際を禁じている小枝子の「母」というのは、生母か、児玉カズか、園田キサか。状況としては、小枝子が下宿先ではなく兄のところにいるので、連絡が取りづらくなっているということだろう。「秋草の原」では、「東京に行つた所で直ぐ自分の人に逢へるでなく、近くに居ると思へば思ふだけ心はいらだつに過ぎぬといふ事をよく知つてゐた。」と苦しい胸の内を書いている。また就職については「職業問題でもさうで、自分の好むものの見付からぬうちに東京に帰つたのでは義理からもその我儘を捨て、眼前に用意せられた職業に就かねばならなかつた。」とある。それなりに仕事の世話をしてくれる人はいたが、まったく気がすすまないというわけだ。

そんななか、牧水は次のようなことを決心し軽井沢を後にする。

さうした種々の苦しさを紛らすためにも此処から東京まで汽車によらずに歩いて行かうと私は思ひ立つた。ことに或る朝、皺くちやになつた鉛筆の走りがきの葉書を彼女から受取つて、一層その風変りな決心を強くした。わたしはいま兄の危篤の看護に従つてゐる、その騒ぎの中で一本だけお手紙を手に入れた、たとへどうでもお互ひが遠くに離れてゐるのはつらいから出来るなら東京に帰つてゐて呉れ、といふ意味がその葉書には認めてあつた。そして、急にその日の午後から二人の友人に別れて私は軽井沢を立つ事にした。

（「秋草の原」）

軽井沢から東京まで、歩いて帰る！　旅人牧水の面目躍如《めんぼくやくじょ》と言えなくもないが、歩くのが苦手な私などには、ただただ驚きである。「火山の麓」にも「騒ぐ心を暫らくも瞞着《まんちゃく》せむため、わざと汽車にも乗らずに雲の懸つてゐる碓氷峠《うすい》を歩いて越えた。」とある。

それにしても、切羽詰まった小枝子の葉書は、なかなかリアルだ。こんなふうに小枝子も、確かに牧水を求めていたのだなあと思う。簡単には会えなくても、せめて同じ東京にいてくれないと辛いとは、なんとも男心をくすぐる言葉ではないか。

では、この頃、牧水はどのような歌を詠んだのだろうか。明治四十一年の「新声」九月号に発表された「十日十夜」と題された十三首がある。

火をふけば浅間の山は樹を生まず茫として立つ青天地《あをあめつち》に（以下浅間の麓に宿りて）

一首目は、浅間山の印象から。借りていた部屋の二階からは、正面に浅間山が見えたと「火山の麓」には書かれている。活火山は、火を生むが樹を生まないという見方が、おもしろい。下の句からは、珍しく且つ雄大な景色に心を奪われている様子が伝わってくる。

火の山のけむりの行衛ゆふ空に消えゆく見つつ人をしぞおもふ

浅間山の煙が夕空に消えてゆく。その行方を目で追いつつ、恋しい人を思っている。

空に吸いこまれてゆく煙が、はかなく消えてゆく心そのもののようだ。

わかれきて幾夜経ぬると指折れば十指に足らず夜の長きかな

恋人と別れてきて幾夜が経ったことだろう。指を折って数えてみると、まだ十日にもなっていない。それにしても、なんと長い夜であることか。結句の「夜の長きかな」に、すべての思いが集約されている。小枝子のいない夜は、なんとも味気なく、手持ちぶさたなものなのだ。

ゆるしたまへ別れて遠くなるままにわりなきままにうたがひもする

素直すぎて、泣けてくる一首である。「ままに」「ままに」の繰り返しが、抵抗のしようもなく、そんなふうに恋人を疑ってしまう心の流れを、絶妙に表現している。遠く離れれば、今頃もしかして庸三と……といったよからぬ想像も働いてしまう。理屈ぬきに湧いてくる疑いの心。そんな自分を恥じて、許しておくれと牧水は歌うのだった。

月見草見つつを居ればわかれ来《こ》し妻が物思ふすがたしぬばゆ

前章でも何首か出てきたが、この頃、牧水は歌のなかで小枝子のことを「妻」と呼んで憚《はばか》らない。楚々《そそ》とした月見草を見ていると、離れ離れになっている妻の、物思いに沈む姿が自然と思われるという。これも非常にストレートで、嫌みなく思いが伝わってくる歌だ。そばにいたならば、時として「なぜそんなに憂鬱そうなの？」と問いただしたくもなるが、いざ離れてみると、その沈んだ表情さえ愛おしく胸に蘇る。

わかれては十日ありえずあはただしまた碓氷越え君見むと行く（三首碓氷峠を越ゆるとて）

ここから三首は、小枝子の葉書がきっかけとなり、碓氷峠を自らの足で越えてゆく歌である。そのうちの二首を読んでみよう。

恋人と分かれ分かれになってしまっては、十日ともたない自分である、という上二句。率直な切り出しが、とても印象的だ。まず切羽詰まった思いを吐露《とろ》し、その後「慌ただしく再び碓氷峠を越えて君に会いにいく」と状況を付け加えた。シンプルながら「あはただし」に、実感がこもる。思い立ったらもう、小枝子の元へ元へと、心も体も前のめりになっていることが、よくわかる。

胸にただわかれ来しひとしのばせてゆふべの山をひとり越ゆなり

胸の中には、ただただ別れてきた人の面影がある。「しのばせて」には、やや禁断の匂いが漂うが、それ以上に「ここに確かに抱きしめるように彼女はいる」という存在感を伝える表現だ。

このようにして東京に戻った牧水だったが、ほどなく郷里の宮崎へと向かった。帰京しても相変わらず、簡単には小枝子に会えない状況だったのだろう。就職問題も決着していない。この頃、牧水がどんなことを考えていたか、文学仲間である正富汪洋にあてた八月八日付の手紙を見てみよう。

僕は昨夕旅から帰つて来た、信州の軽井沢に十二三日間行つてゐてね、(中略)そして僕は明晩かその翌朝出発帰国する、いろんな用事が重つてゐてどうしても一寸帰らねばならぬところへ暫く都会を逃げ出したい気もさして、(中略)そして九月に出て来る、九月からはまた奮然として活動するつもりだ、君、これはまだ秘密だが、僕はこの十月十一月あたりから一つ雑誌を出す決心だ、よほどキボ

を大きくして早稲田文学位いのものを景気よく出したいと念つて居る、

手紙を読み進めると、帰郷の主な目的も、この雑誌の資金を出してくれる友人に会いに行くことだとわかる。ついでと言ってはなんだが、両親や親戚に卒業のあいさつと、自らの将来についても話すつもりなのだろう。同じ手紙で「雑誌を出す僕の目的は一つは僕の生活をも立てむためと、一つは我党の根城を固めむためとの二つに外ならない、／君、一つこの機に乗じて目ざましい活動をやらうではないか、」と書いている。つまり、文学活動をしながら食べていくために「雑誌を出す」ということを牧水は考えた。表現の場を確保しつつ、その売り上げで生活ができれば、一石二鳥というわけだ。ある意味、究極の就職先を自分で作るということになる。もちろん、うまくいけば、の話ではあるが。

「暫く都会を逃げ出したい」という言葉からは、小枝子との恋愛の行き詰まりが感じられる。手紙の締めくくりには、最近子どもが生まれた汪洋をうらやむように、次のように記した。

僕もしきりに家が持ちたくなつた、近来のやうに何や彼や思ひ屈することが多くつちや全くやりきれん、静かな生活をも憧憬する、いゝお嫁さんは無からうか、

「い、お嫁さん」云々は、心にもないことのように見えて、案外本気かもしれない。もちろん、小枝子がいいお嫁さんになってくれれば一番いいのだが。恋愛に疲れはてたとき、穏やかな結婚を夢みるという心理は、後々の牧水にも現れる傾向だ。

　宮崎へ帰る途中、名古屋、奈良、大阪、神戸……と、知人や文学仲間に会い、大いに酒を飲んだ牧水。その様子は、名古屋で手厚くもてなしてくれた雑誌「八少女」の鷲野芳雄あての礼状に見ることができる。いささか常軌を逸した飲みっぷりで、やはり心の底に、小枝子のことがずっとあったのだろうと思われる。

　手紙からかいつまんでみよう。奈良では、酔いにまかせて真夜中、露深い三笠山によじ登り、「天上天下われ唯だ一人この光を浴びこの自然を観るを想ふ時涙自ら下つて禁《とど》めがたし、殆どわれは声を放つて泣きぬ、」。また翌日は、酒瓶を携えて山に登り、いくら飲んでも酔わず「月冷かに露寒く杳《はる》かに河の白く光れるを望む、寂寥限無し、」。大阪では「五体を酒精中に投じぬ、時一時手に盃を棄てず、彼と飲み是と飲み酔狂骨までも沁みわたれり、」。ついに「去る時は既に身体に幾多の異状ありき、」という状態だった。なのに「神戸にてまた飲みぬ、而して終に病めり、」となる。続く一節に「否な病めりとて身体のみのそれにあらず余は実に神戸にて思ひの外の異変に逢着したるなりき、心また従つて太《はなは》だ病む、」とあるのも気になるところだ。体だけでなく心も病んだとは、神戸で何があったのだろうか。「思ひの外の異変」については「くはしく問給ふ勿《なか》れ、若き者の心を苦しむるは大方普遍の原理にもとづきて来る、あゝ若き日のうれひ若き日の悲しみ、今想ふだに尚ほ胸の踊るを覚ゆ、」と書いているところを見ると、恋愛問題であることは間違いない。

神戸については、さらに「一度西に行き、須臾《しゆゆ》にしてまた東に走りぬ、（中略）／日向より神戸へ神戸より日向へ、往復幾回となく重りていよ〳〵身の病むこと強く郷里に帰りて足腰立たずうち倒れたるは早や秋近きころなりけむ、」と書いている。当時、神戸と日向は船で行き来ができたとはいえ、短期間に何度も往復するというのはよほどのことである。どれくらい時間がかかったかというと、たとえば神戸を午後七時に出港すると、船中で一泊、日向の細島港には翌日の夜十一時に入港だ。このノンストップ便は隔日でしか運航しておらず、毎日出ている便だとあちこちに寄港するので船中二泊となる（『大阪商船株式会社航路案内』明治三十六年刊より）。

神戸は、牧水と小枝子が初めて出会った場所であり、小枝子は親戚筋の赤坂家（庸三の実家）に世話になっていた。

ここからは想像するしかないが、たとえば、かつては友人の恋のために乗りこんだ赤坂家に、今度は自分の恋愛の直談判に行ったというのは、どうだろう。母や兄に見られてもいいように小枝子あての手紙を出していたくらいだから、神戸に来たタイミングで「小枝子さんをいただきたい」「ご両親の了解を得たい」といったことを赤坂家で訴えたという展開も考えられる。

そしてこの時点で牧水は、彼女が人妻であり、子どももいるということを知ったのではないだろうか。充分すぎる「思ひの外の異変」である。ショックではあろうが、小枝子の煮えきらない態度について、腑に落ちたかもしれない。深酒にしても神戸との往復にしても、直接間接、あらゆる面で恋愛に振り回されている牧水の姿が思い浮かぶ。

そんなこんなで体調を崩しての宮崎への帰郷。九月十一日には、実家のある東郷村坪谷から、世話になった姉夫婦のところへご機嫌伺の手紙を出している。が、結局「人々の押しとゞむるをもふりきりつゝ、また旅に出でぬ、／神戸にて幾日かを臥《ふ》し汽車より直行東京に入りて、爾来二十幾日、まだ病床より出る能はず、この二三日来や、頭も軽くなりて」この手紙をしたためているのが十月二十二日。つまり、そそくさと故郷を出て、また何故か神戸にちょっと留まり、一路東京へ向かい、しばらく臥せっていたということになる。

雑誌のことを打ち明けていた正富汪洋にあてた十一月五日付の手紙にも、この間のことが簡潔に記されている。

僕は八月の初めこちらを去つてその下旬郷里に帰つたそして病気になつて十月上旬こちらへ上京してのちもまだわるく現に服薬中である
と云へばその間の事情は甚だ簡単平易のやうだが事実その内幕は実にせつないところをくゞつて来たのだ　否やくゞりつゝあるのだ　実際この春からこちらのいざこざはとてもお話にならぬ程度のものだつた、

くぐりぬけつつある「せつないところ」とは、やはり小枝子問題だろう。「いざこざ」という表現が穏やかではない。「とてもお話にならぬ程度のもの」からは、やってられないという気分が垣間見える。とにもかくにも繰り返された神戸行きは、これまでにない、何か不穏な側面を強く感じさせる。

雑誌については、同じ手紙のなかで「例の仕事を始めるつもりでゐたのだが、矢張り病気のために延ばして居る、（中略）とにかくやることはやる、少し大きくやって見たい」と書いていて、かなり前向きだ。

そして、この手紙の終わりにあたって、牧水は次のような心情を吐露している。


あゝもう僕は昨日の若さが恋しくなつた、くちづけはながかりしかなの歌は目下の若山君にはとても出来ぬ、悲惨だね、

「若山君」という言い方には、自分を憐れむような響きがこもる。「くちづけはながかりしかなの歌」とは、もちろん、小枝子と行った根本海岸で生まれた一首だ。

くちづけは長かりしかなあめつちにかへり来てまた黒髪を見る
（「新声」明治四十一年二月号）

もう、こんな歌は、今の自分にはとても詠めないという。「昨日の若さ」が恋しいという。

昔の恋の歌を読み返して、「若かったなあ。こんな歌、もう詠めない」という感覚は、同じ歌人としてはよくわかる。たとえば今の自分には、三十年前の『サラダ記念日』の歌は、とうてい詠めないと思う。だが、牧水の場合は、およそ十か月である。たった十か月前の歌を、三十年前のもののように眺めている。それはつまり、小枝子との恋愛が、あの時に感じていたものとはすっかり異質なものになってしまったということだろう。そして自分自身の中に、瑞々しく恋を歌いあげる力が今はないということでもある。

では、どんな歌を詠んだか。主たる作品発表の場だった「新声」には、九月号に

「十日十夜」を出した後、十月号、十一月号には作品は見えず、十二月号に十四首が掲載されている。タイトルは「偽り」。この年の秋に詠まれた歌たちは、次のようなものだった。

なにものに欺かれ来《こ》しやこのごろはくやし腹立たし秋風を聴く
長椅子にいねてはつ冬午後の日を浴ぶるに似たる恋づかれかな
ものごとにさびしかりしは昨日《きのふ》なりけふは淋しといふさへも憂し

感情をぶつけるように表現された一首目。自分は何者に騙されてきたのだろうか。「悲し」「寂し」という歌は、数限りなくあったが、悔しい、腹立たしいとは、これまで使われなかった感情語だ。ふられたというのならまだしも、欺かれたというのは、気にかかる言い方である。これは神戸で逢着した「思ひの外の異変」が、歌になったものではないだろうか。小枝子の一番大きな「欺き」といえば、結婚を隠していたことである。

二首目は「恋づかれ」という語が、現状をぴたりと言い当てている。それは、長椅子に寝そべって初冬の陽ざしを浴びるような気分だという。まことに気だるい感じで、もういい加減くたびれ果てたという心境だ。

かつては「寂し」を連発していた牧水だが、もうそれは過去のこと。今では寂しいということさえ嫌になってしまったと三首目では訴える。

わが住むは寺の裏部屋庭もせに白菊咲けり見に来よ女

牧水の下宿は寺の境内にあった。この年の初夏、次のような歌を詠んでいたことが思い出される。

樹々《きぎ》の間に白雲見ゆる梅雨晴《つゆばれ》の照る日の庭に妻は花植う

現実には結婚していないのに、歌のなかでは小枝子を「妻」と呼んでいた牧水。梅雨の晴れ間に植えられたのは、もしかしたら白菊だったのかもしれない。咲いたところを見るにつけ、一瞬幸福だった日々が蘇る。しかし「見に来よ女」とは、ずいぶん突き放した言い方だ。歌のなかでさえ「妻」なんて呑気なことは言えなくなってしまった。もちろん、妻だったら、わざわざ見に来なくても目に入るわけで、二人の距離を感じさせる一首である。

言霊としての「妻」は、効力を発揮しなかったようだ。そこで牧水は、どうしたか。

大悟法利雄『若山牧水新研究』には以下のようにある。新雑誌の計画も、本気モードで進めていたことがわかる。

牧水はそれから一度帰郷して九月末にまた東京に出たが、その間に友人たちとも相談して新しい文芸雑誌発行の計画を進めていた。誌名は『新文学』文壇をあっと言わせようと野心的なプランを立てて原稿を依頼し、やがて原稿が続々と集まりつつあったが、発行資金集めは思うように進まず、牧水は必死になって奔走を続けた。恋愛どころではない状態だが、もちろんその方もほってはいられない。

こうして牧水は、その明治四十一年十二月の末に、近くの牛込若松町百十八番地に小さな家を一軒借り婆やをやとって移り住んだがそれは新雑誌の発行所となり、同時に小枝子との新婚の家になるはずだった。

新婚の家とは、見切り発車もいいところである。が、言霊同様に、形だけでも前へ進めたいという気持ちだったのだろう。順序としては小枝子の離婚が先だが、自分たちの結婚準備を進めれば、それが離婚のエンジンにもなるという考えは成り立つ。「いや、家まで用意するというのは、やはりこの時点で小枝子の結婚のことは知らなかったのではないか」という推理もあるだろう。しかし、現に小枝子は夫と子どもの元へ帰らず東京に留まり、結果として自分と恋愛関係を続けている。結婚は破綻しており、彼女だって新生活を切り開きたいという気持ちはあるはずだ。そう思えば、結婚のことを知った上での新居準備は、さほど不自然ではないように思われる。

十二月二十七日付の尾崎久弥あての手紙にも、この転居のことが出てくる。尾崎は、夏に牧水が名古屋に寄った際、雑誌「八少女」の同人として初めて会った人物だ。

僕は家を持つた、せめて生活法の変化でも出来たら少しは慰むかと急に思ひついて一戸を構へた、もとの宿のすぐ近くだ、逃れむとする者のあはれさを笑つて呉れ、

お土産を切に待つ、名古屋のものはみな好きになつた、

転居のことを諸君へ知らせて呉給へ、

尾崎君、初めて房州へ行つたのは昨年の丁度今であつた、

海が恋しい、狂人になるほど恋しい、あゝ冬の海、冬の海！

まことに、ちょうど一年前のことだった。初めて房州へ行き、初めて小枝子と結ばれ、爆発的に恋の歌を詠んだ日々。感傷的になるのも、無理はない。

しかし、牧水の新居に、小枝子が移り住むことはなかった。住まいの顚末のことだ

けを先取りすると、翌明治四十二年の三月、早稲田鶴巻町の八雲館に牧水は引っ越している。そこは親友の佐藤緑葉が長く下宿していたところで、彼が結婚するのを機に、いわば入れ替わる形での転居となった。小枝子との新婚生活を夢見た家は、親友の新婚の家となったわけである。

緑葉は、小枝子のことを目撃している数少ない友人だ。彼は、二人の恋愛から受けた印象を著書『若山牧水』で率直に綴っている。

　彼の愛人某姓小枝子とはどんな人だつたらうか。私は彼女には直接には二度しか逢つてゐないし、家庭の事情とか、境遇とか、乃至頭の傾向とか、さうした事は一切話しあつたことがないから何も知らぬ。たゞ私が逢つた折の外的印象だけを云へば、その人は可なり美しい人だつた。背は高い方で──恐らくは牧水よりも高かつたのではあるまいか──眼に悲しさうな色を湛え《（へ）》てゐる人だつた。若々しい娘と云つた感じは殆どなく、既に人生の実際上の経験を相当に重ねてきたといふ風があつた。浪曼的な匂ひを見せるものは何もなく、寧ろ現実的な生活に疲れたやうな感じの見える人だつた。

貴重な証言だ。美人であることに間違いはないが、複雑な人生経験が愁いとなって滲み出ている感じである。そして緑葉は、結局この二人が破綻した理由について、次のように推測している。

要するに既に現実生活に眼醒めてゐる彼女は、牧水の詩人的価値を判断し得る前に、其実際生活に対する無力といふことに見切りをつけたのであらう。牧水の燃ゆるが如き愛も、その心魂を焼き尽すが如き苦悶も、一つとして彼女の前途の物質生活の不安を払ひ除く材料にはならなかつた。

これだけだと、あまりに小枝子が打算的に見えると思ったのか、緑葉は続けて書く。当時の牧水は定職についているわけでもなく、財産があるわけでもなく、短歌に精進しているとはいえそこから収入があるわけでもない。そんな青年と危険な世渡りをしようというのは、むしろ世間知らずというもので、小枝子も苦悩しながら、現実を前に少しずつ遠ざかったのだろうと。

恋愛の延長に結婚を夢見ていた牧水と、結婚は生活であると知っていた小枝子と。「気づくのは何故か女の役目にて　愛だけで人生《ひと》きてゆけない」という拙作を第四章で紹介させてもらったが、つまりそういうことだったのだろう。

第八章　私はあなたに恋したい

恋愛に行き詰まったとき、人がとる行動はさまざまだ。追いかける、あきらめる、なじる、落ちこむ、自分を変える、状況を変える……。牧水は、まず状況を先に進めて、打開しようとした。恋人小枝子を、短歌のなかで「妻」と呼び、その後、突然小さな新居を構えた。とにもかくにも、外堀を埋めてしまおうという作戦だ。

が、明治四十二年、失意のうちに牧水は年明けを迎える。年末に準備した新居へ、彼女が来ることはなかった。一月一日の、鷲野芳雄あての長い手紙には、次のような一節がある。

特に安房の海辺でうれしいにつけ悲しいにつけ泣きぬれながら夢中になつて歌つた歌は、丁度々々昨年の今ごろ、太平洋岸のとある淋しい漁村の朝夕に自分の心に生れ自分の脣に上つたものでとりわけても印象深く残つて居る、あ、耐へがたい、今でもそれを憶ふと胸の底のしみ〴〵と痛くなるのを禁め得ぬ。しきりに当時を追憶した、女を思つた、自分を思つた、海を思つた、そして更に現今のすべてを思つた。

初めて小枝子と結ばれた喜びを歌い上げたのは、まさに一年前、ともに正月を迎えた安房だった。どれほど輝かしい思い出であるかが伝わってくる文面だ。なのに今は、なんという違いだろうか。たたみかけるような最後の一文からは、牧水のうめき声が聞こえてくるようだ。この失意の一月に詠まれた歌に、次のような一首がある。

山死にき海また死にて音もなし若かりし日の恋のあめつち

山は死んでしまった。海も死んでしまった。この世界に音はない。若かったあの頃の恋の世界よ……。おそらく、一年前の「山を見よ山に日は照る海を見よ海に日は照るいざ唇《くち》を君」「海哀《かな》し山またかなし酔ひ痴れし恋のひとみにあめつちもなし」などが、牧水の頭のなかにはあったのだろう。あの時とはまったく対照的な気分を、山や海といった同じ語で表現している。ただ、この歌は、原稿を「八少女」の鷲野に送ったのち、別の一首と差し替えるよう牧水の指示があり、書簡に残っているだけだ。あまりに前年の歌を彷彿とさせるのが気になったのだろうか。読者としては、よく知っている歌の裏バージョンのように読めて、とても興味深い。スケールの大きい失恋歌（全然嬉しくない褒め言葉だろうが）としても、なかなかのものである。ちなみに、差し替えた新たな一首は、次のような歌だった。

恋といふものなりしかや髪ながきわかき女の香に酔ひてしは

髪の長い若い女の色香に酔った、あれは恋というものだったのだろうか……。夢から醒めたような歌いぶりで、恋だったのかすら怪しんでいる。

行き詰まった人の行動として、さらに一月の下旬、牧水は一人で感傷旅行に出かける。思い出の地、根本海岸にほど近い布良《めら》海岸に滞在した。どんぴしゃ根本では、あまりに辛かったのかもしれない。この布良に赴く途中の北條（千葉県安房郡にあった町、現・館山市の中部）で一泊し、石井貞子《てい》という女性を訪ねている。貞子は、短歌や小説を文芸誌に発表する才媛で、胸の病の療養のために滞在していた。牧水は、知人の富田砕花《さいか》の紹介で会いに行き、その後、大量の手紙を彼女にあてて書くようになる。

明治四十二年の前半に限って言うと、全集で読むことのできる牧水の手紙のうち、かなりの部分を貞子あてのものが占める。もちろん、牧水が知人、友人たちに書いた手紙のすべてが残っているわけではない。逆に、貞子あてのものがこれほどきっちり残っているということに、貞子の牧水への思いが見てとれる。歌壇では、そこそこ名の知られていた牧水への敬愛の念と、だからこその「むげにはできない若干の困った感」もあっただろう。折にふれ短歌が記されていたりもするので、きちんと保管していたのではないかと思われる。

初めての手紙は、訪問直後のものだ。一部を抜粋してみよう。

ふとせしことより思ひもかけざりし御身を思ひもかけぬところに訪ねまゐらせて衷心よりうれしかりしことをたゞ神に感謝致し候、ゆかりといふもの、いみじさ、まことにわれらが言語に絶えたるを感じ候、なほその他限りなく言ひ出でたけれど、さて何といふべき、まことに一種のゆめごこちよりさめやらねばいふべきよしも無く候、

車に乗りてよりはまことに淋しかりき、

明日もまたお目にかゝらるるやうのこゝち切りにて、これも淋しき一つに候、

表現は緊張気味でやや硬いが、「思ひもかけぬ」「神に感謝」「ゆかりといふもの、いみじさ」といった文言は、この出会いを運命的なものと位置づけたがっている。

「ゆめごこち」「まことに淋しかりき」など、ほぼ初対面で恋に落ちてしまったかのような書きぶりだ。そして、もう早速明日にでもまた会いたいと願っている。

右の手紙が「二十八日夜」に書かれたもので、その続きに「二十九日午前」と記されたさらに長い手紙を書き継いで送っている。そこでは「御徒然の折など四方山の話あい《ひ》てとして、われをもそのうちに加へ給はらば、まことにうれしかるべく候、」「君におくるべき歌など詠《よ》みいでむと思へど少しも出来ず、」などの文言が目をひく。その後、貞子から返信があったようで、一月三十一日付のものには「お手紙をありがたうございました、」とあり、手ごたえを感じたのか「あゝ、御いつしよにお話がしたくてたまりません、海も月も烟《けむり》も鳥もいづれとして話の題詩歌の題にならぬものがありませうか、いつそ北條に滞在して居ればよかつたと思ひます、（中略）毎日恐しく淋しいのです、さようなら、」と綴っている。

貞子とは文学の話が弾んだだろうし、美しい人でもあったようだ。が、それにしてもずいぶんな入れ込みようである。小枝子とのことは、もちろん継続中で、大悟法利雄によると、「しかし、この時の牧水はまだすっかり希望を捨ててしまっていたのではない。というのは、二週間ばかりの房州滞在中に、なんとかして小枝子を説得して欲しいと友人直井に頼み、彼女を訪ねて貰っていることによってはっきりわかる。」（『若山牧水新研究』）とのことである。

以下、憑《つ》かれたように書き綴った貞子への手紙を、ダイジェストで見てみよう。主に彼女への思慕を表わすところをピックアップしてみるが、他にも滞在先でのこまごまとしたことや、自分の現状を嘆く言葉などを多く書き連ねている。

このごろは切りにしんみりと、いろんな話がしてみたい、そこらの浜辺あたりで心ゆくまでお話がしたくてしやうがありません、（中略）お歌をばまだ見せて下さらないのですか、私のものの悪口なりとおつしやつて下さい、あなたのお手紙はまたあまりに客観的でいささか張合ひがありません、（二月二日付）

おたよりが今日は来なかつた、もう心配です、（中略）あなたの友人にしていたゞくことは誠に苦労が多い、（二月五日付）

安房の国別れがたなや安房の国別れがたなやいざさらばさらば（二月十一日付船上より）

今朝は寂しうござんした、少し位ゐ無理をしても来て頂くか僕がお伺ひするか、どちらかにすればよかつたにと甲板で欄《てすり》を幾度びかつかみました、（中略）自分の寂し

いこゝろはたいへんに心強く思つてゐます、一個の存在が一個の存在を知る、かりそめのことでは無いでせう、（二月十一日付）

思ひもかけずお目にかゝつたといふこと、まつたく不思議といふのでせう、大きく言へば運命ですか、私はその運命の手がまきちらすもの、あはれの今さらにいみじく、且つ限りなきを感じます、（中略）どうぞ私をも憐れむべき弟の一人にお加へ下さいまし、（二月十六日付）

貞子は、失礼のないように返信はしていたようだが（病気療養中の身ゆえ、手紙のやりとりは大きな慰めになっただろう）、牧水が、客観的すぎて張り合いがないとこぼすような内容であったことがわかる。牧水のほうが主観的にすぎる、というのが実際かもしれないが。

手紙というのは、書いているうちに高ぶってきて、思っている以上のことを書いてしまうことがある。牧水は、貞子の初対面の印象を、脳内で都合のいいように増幅させているようにも見える。そして小枝子との行き詰まった恋愛の逃げ場を求めているようにも。

恋の辛さを紛らわすために、新たな恋を無理やり求める……酒好きの牧水にちなんで言えば、つまり「迎え酒方式」だ。二日酔いの症状を新たな酒でごまかすように、もし、新しい人と恋に落ちることができれば、これまでの辛さはかき消されてしまうかもしれない。どこかにそんな期待もあって、牧水は、貞子に情熱的な手紙を書きつづけたのではないだろうか。

それが一番よくわかるのが、三月三日付の次の手紙だ。ざっと計算してみると三千字弱、四百字詰め原稿用紙なら七枚以上の長さがある。迎え酒っぷりがよくわかるので、以下、抜粋しながら引用してみよう。

　石井さん、先刻から切りにあなたのお名前が連呼したく思はれます、弱い者は自分のたよりがたく弱り切つた時に必ず他に何か頼るものを求めようとするといふ、現今の私は確かにさうでせう、然《(そ)》うに相違ありません、然うでしたらあなたは私のこの連呼の声をきいては下さいませんか、のみならずそれを卑しみ辱しめなさいますか、

自分のこの執着は、弱った心からくるものだと白状して、手紙はスタートする。この後「同病相あはれむ」という語をつかい、貞子も今の自分と同じようによるべないたよりない日々を送っているように見えると、若干失礼なことを、遠慮しながらも述

べている。つまり、似た者同士、仲良くしようではないですか、という論法だ。

石井さん、あなたは曾《か》つて親しく恋の経験にお逢ひなすつたことがありますか、正直にお訊ね申します、どうか正直にお答へなすつて下さい、私はあります、近来の私の歌に折々姿を表しますやうな極めて下らない恋に狂つたことがありました、然りありました、もうその最後に及んで居るのでございます、恋の最後、何といふあさましい悲惨な事実でせう、あなたはまだこの味ひは御存じありますまい、それとも万一御推量でも出来ますならばせめて幾分なりとも目下の私の心情を掬みとつて下さいまし、男のこゝろは女にわからず、女のこゝろを男は掬まず、むき〳〵に寂びしく冷めたくなつて行かうとする、あゝこの終り、この別れ、何と言つて弔らつたらいゝのでせう、

石井さん、石井さん、

あなたはこのおぼえはありませんか、あつたとして下さい、あつたとして、

そしたら私は身を投げて相抱いてあなたと共に泣き叫びたい、

あゝよるべなき生命をして、互に相倚り相抱かしめよ、ひたすらに私はこのことをおもひます、

出会ってまだ一か月余り、ほぼ文通しかしていない男性から、こんな手紙が来たら、ちょっと後ずさってしまうだろう。なんで自分の恋愛経験を言わなきゃならないのか。なんであなたの失恋に同情しないといけないのか。「あなたはこのおぼえはありませんか、あつたとして下さい」って、もう意味がわからない。
大いに相手を戸惑わせる内容だが、この頃の小枝子と牧水の恋が、いよいようまくいっていないことが、はからずも伝わってくる。貞子の気をひくため、終焉感を強調しているきらいはあるが、互いの心がすれ違ってどうしようもない状況、それぞれが寂しく冷たくなっている……ということがわかる。そして、極めつきは、次のくだりだ。

出来得れば私はあなたに恋したい、あらゆるこの胸中の不安苦悶を悉くあなたのお胸に投げ入れて、私自身をも投げ入れて、そして静かに永しへに死んで行つてしまひたい、

私はあなたに恋をしています（だからあなたも応えてほしい）というのとはまったく異なる表現だ。「できることなら、恋をしたい」というのは、まだ恋ができていないわけで、ある意味とても正直な言い方ではある。貞子に恋をすることができさえす

れば、小枝子とのことを忘れられるだろうという目論見《もくろみ》が透けて見える。まさに迎え酒。けれど裏返せば、やはり小枝子と同じようには、誰に恋することもできないということなのである。ここまで自分をさらけ出してしまうというのは、つまり気持ちのはけ口であって、本当の恋ではないことの証左だろう。相手に慕われたいなら、もう少し慎重さや慄きがあって、しかるべきだ。

この手紙では、貞子の写真が欲しいということも強く掻き口説いている。一度断られたのか「異性の人には云々とおつしやつたさうですね、それならあなたが男になつていただくか、私が女になればわけはありますまい、」(これにはさすがに自分でも「馬鹿な話」とツッコミを入れてはいるが) と迫り「男も女もあつたものですか、あなたも案外くだらぬことに気をおつかひになりますのね、」と重ねている。

同じ手紙のなかで「恋人でもい、、姉さまでもい、、とにかくそんなものになつて下さい、真面目でおねがひします、」とストレートに懇願するくだりもあって、とにかく牧水の必死さが窺われる。が、その必死さも、結局は小枝子を忘れたいがためのものなのだ。

三月五日には、歌集『海の声』に添えて絵葉書を送り、十一日には再び感傷的な長文の手紙を送った。その中に「あなたの常に冷然と高く済ましてゐらつしやるのには寧ろ驚嘆します、あなたの前には私のやうなものはまるで乳のみ子以下にも見えないであろうと一種の苦痛を感じます」とあり、ほぼ相手にされていないことがわかる。

貞子にしてみれば、こんな前のめりな人に、少しでも気のあるようなそぶりを見せたら大変だ、と、必要以上に警戒したはずだ。ただ、短歌作品をみてもらうようなやりとりには乗ってきたようで、貞子の短歌への感想やアドバイスや称賛を、しばしば牧水は手紙にしたためている。聡明で文才のある女性とのやりとりは、小枝子とはまた違った魅力を感じさせたことだろう。ポーカーの札の全とっかえのように、この女性との新しい未来を夢想することは、突飛かもしれないが、わからなくはない。

牧水のほうも、時おり手紙に短歌を書いており、それらの中には後に歌集に収められたものも多い。牧水の短歌の初出が、自分へのラブレターとは、なんとも贅沢な話だ。だからこそ貞子は手紙を残していたのだろうし、牧水としても、自分の持ち味というか強みは心得ていたのだと思われる。

海に行かばなぐさむべしと直おもひこがれし海に来は来つれども（一月三十一日付）

けふもまた変ることなき荒海のなぎさを同じわれが歩めり（二月八日付）

一首目。とにもかくにも海に行きさえすれば、心が慰められるだろうと思ってやって来た海。幼いころから憧れ、小枝子との恋の舞台ともなった海。その海に、来てはみたものの……。「来つれども」という弱々しい言いさしの表現が、すべてを物語っている。圧倒的な海でさえ、現在の牧水の心を癒すことはできなかった。

二首目。「同じわれ」という言い方が印象的だ。自然と人事を並べるときは、不変の自然に対し流転してゆく人間、というのが相場だが、この歌では自分自身も変わらないものとして描かれている。それはプラスの意味合いではなく、むしろ変わることのできない、停滞した我である。

先ほども触れたが、貞子の写真を懇願することは、その後もしばらく続いた。手紙の返信ならまだしも、写真というのはかなり抵抗があったようで、ついに貞子は送ることをしていない。写真にまつわる手紙の文言を、以下に抜粋してみよう。

御写真は是非下さい、あのねがひを黙殺なさらうとしても許しません、いつまでも追求します、だつて下すつたつてい、ぢやありませんか、何か大罪悪を犯すといふでもありませんし、思ひ切つて恵んで下さい、是非お願ひです、ね、い、でせう、

（三月十一日付）

ながーいおたよりを下さい、それのみ待つてゐます、お写真をも是非下さい、何もお困りにならなくともいいではありませんか、どうもするのではありません、いつ

もお目にかゝるつもりで頂きたいのです、他に何の心もありません、若し他へ見せてわるいのなら命にかけて秘めおきます、いゝでせう、（三月十九日付）

やや常軌を逸したというか、異様なまでのしつこさである。しかしそれは貞子への執着というより、やはり小枝子の幻影を振り払うための何かを求めていたのだと思われる。なんとしてでも、確かな形あるものにすがりたいという気持ち。その切迫感が伝わってくる。

が、三月二十四日付の手紙で、目が覚めたように牧水は謝っている。その日は、新婚の友人である佐藤緑葉と土岐哀果がやってきて、「二人のおのろけを海ほどきかされて、酒の匂ひを嗅がされて、さかんにいろいろ焚きつけられて、」という日だった。緑葉は新婚生活を始めるにあたり、牧水と住まいを交換した（その家は小枝子との暮らしを夢見て準備された家だった）。哀果は早稲田卒業後に、ともにアルバイトのために軽井沢で過ごした（彼のほうには恋人から手紙がくるのに、牧水にはさっぱりという状況だった）。二人とも、小枝子との恋愛が行き詰まっていることは知っていたわけで、となると「焚きつけ」たのは貞子とのことだろう。見栄や願望を含めて多少オーバーに、牧水が話したことは想像できる。もしかしたらそこで、二人の友人から写真のことを諌《いさ》められたのかもしれない。一変して平身低頭といった体で詫びる牧水だった。

写真のこと、まつたく失礼でした、（中略）とにかく深く只今までの失礼をお詫び申します、御免下さい、

とはいえ、同じ手紙の最後の方では、つぎのようにも書く。

お写真を断られて了ひましたので、何だかあなたとお別れでもして了つたやうで、妙なこゝちです、頂いたところでどうにもなるのではありませんけれど、目下の私は言語や筆さきでお話をするより、黙つて対ひ合つてゐたいやうな心地がしてゐますので、あゝまでうるさくおねだりしたのでした、

実際の会話や手紙のやりとり以上に、写真を拝んでいたかった……つまり妄想の対象であり、偶像としての貞子であることを、無意識に認めてしまっている。そのための写真であったのだ。

時間は前後するが、緑葉と住まいを交換したのは、この手紙の一週間ほど前。貞子あての差出人住所が牛込区若松町から、早稲田鶴巻町に変わっている。ついに小枝子

は来なかった……その傷心ぶりが文面からも痛いほど窺われる。

とう〳〵一切に最後を宣告して、私は流浪の身となりました、事業の失敗、身体の病気、女との永別、その他無職貧乏、あらゆる敗北者が具《そな》ふるだけのいやなことをば残す所なく具へつけて、下宿屋の二階に横《よこたわ》つてゐます、（中略）安房を思ひます、いつも言ふことですけれど、真実安房を思ひます、海、空、渚、そしてあなたをおもひます、生命も断ゆるほど他のことに苦しむ時、ふと安房を心にうかべては言ひ知れぬなぐさめ、なつかしさを得てゐるのです、（三月十九日付）

ここで気づくのは「あなた」以上に「安房」を繰り返し思っていることだ。あなたがいるから安房が恋しいというのではない。安房にいるからあなたが恋しい……本人も気づいていないかもしれないが、それが牧水の深層心理ではないだろうか。貞子にあてて書いてはいるものの、いつのまにかそれは貞子のいる「安房」への思いになっている。小枝子と初めて結ばれた安房。気がつけば安房を介して二人の女性が、重なって見えてくる。もしかしたら牧水は、貞子の向こうに「かつての（自分を受け入れてくれた）小枝子」の幻を見ていたのかもしれない。迎え酒として貞子が選ばれたのは、文学的才能や美貌などもあっただろうが、安房にいるということが実は大きかったのではないかと思われる。

ところで、石井貞子という女性は、要するに文学青年たちのマドンナ的存在だった。牧水に彼女を紹介した富田砕花も、大いに気があったらしく、「富田君も試験だとかで、近頃あまり見えません、いつでしたか、近藤君の歌にあなたのことが歌つてあつた（中学文壇）のを見たり、鹿野君があなたのお噂をしたりしてゐましたりしたからでせう、富田君やつきになつて、『自分の大切なものを皆してもぎ取つて行くやうに思はるゝ、兄もその怨恨の一部をば負ひ給はざるべからず』といふやうな手紙を私のところへよこしましたつけ、」というような出来事が手紙（三月三十日付）に見える。

短歌誌「八少女」の明治四十二年五月号には、富田の「あてなき恋」と題する十六首が掲載されていて「春の月田中のみちを渚へと或は君の行きたまふらむ」「いつかまた展げられある地図の上の安房なる国のなつかしきかな」などから察するに、これは貞子への思慕を詠んだものだろう。ちなみにこの号には、牧水も貞子も短歌を載せている。牧水は「白昼の歌（安房の国にて）」と題する三十首で、安房への傷心旅行。貞子はというと「なぎさ集」と題した二十二首。安房の渚での闘病の日々を、情感豊かに歌っている。「ふと君が思はれ人とおもふときかなしいのちのあたひも見ぬる」（ふと自分が、あなたの思われ人なんだと感じるとき、私は悲しいのです。この命がどれくらいかと考えてしまうから）。この歌の「君」は俺なんじゃないかと勘違いして、ズキュンと胸を撃たれた文学青年は、複数いたことだろう。

　また、この一連には「君が胸に入らむひびきのきかれずやたゆたひながらかきそへしうた」という一首があり、これは手紙に恋の歌を書き添えたものと読める。牧水は貞子にあてた手紙で「身をさゝげての恋でもありますか、『八少女』への原稿を見ました中に恋文をお書きになる一首がありましたので、或は然うかとも感じましたが、」（三月二十四日付）と書いている。五月号に載る歌を、三月に読んでいるわけで、もしかしたら貞子の寄稿は、牧水が仲介したのかもしれない。「八少女」の復刻版で確認してみたところ、貞子の作品が載っているのは、この号だけだ。雑誌への影響力をさりげなくアピールする牧水。ありがたく作品発表の機会を受けながら、そこに恋の歌を混ぜてガードする貞子。そんな攻防が透けて見える。

「近藤君富田君を見るごとに、いつもあなたをおもひます、彼等のあとには必ずあなたの影がある、」（四月二十七日付）とも牧水は書き、貞子が小康状態を得て故郷に帰るときには「先日お帰りになる時は残念でしたよ、何かの運命でしたらう、あとできけば他の諸君は大宮までもいつしよに行つたのですつてね、いよ〳〵癪にさはるぢやありませんか、」（五月十三日付）とあり、彼女のモテぶりが伝わってくる。六月二十五日付の手紙には「三津木君が行つておいでるさうですね、」という文言が出てくるが、三津木《みつぎ》君というのは牧水の早大時代からの友人、三津木春影のことだ。結局その後、貞子は彼と結婚することになる。相手は、近藤君でも鹿野君でも富田君でも、もちろん牧水でもなかった。

牧水は、何か察するところがあったのか、この三津木君という名前を出して以来、ぱたっと手紙を書かなくなっており、次に貞子あてのものが出てくるのは十月二十一日、しかも三津木との連名の絵葉書だ。

「あなたも定めて御意外だらうと思ひます、私も実に意外でした、思ひもかけぬ訪れを受けて激しく驚いてゐる所です、あなたへの御ぶさたは平に御海容を祈ります、」とある。行間を想像するに、牧水から手紙が来ないことを、なんらかの不興を買ったかと心配に思った貞子が、つきあっている三津木に相談。ここはもう二人の仲を伝えたほうがよかろうと判断した三津木が、友人である牧水のもとを訪ねた……。そんなストーリーがありそうだ。絵葉書に添えた牧水の一首は、次のようなものだった。

ひややかに部屋に流るる秋の夜の風のなかなり我等は黙す

風が冷ややかなのは、秋だからだけではないだろう。黙って向き合う二人の間に流れる気まずい空気。「貞子さんは、三津木君に、これまでの大量の手紙を見せたのだろうか、うわあああ」という牧水の心の声が聞こえてきそうだ。

ただ、六月二十五日以来、手紙を出さなかったのは、三津木君がひょっとして……という疑惑のためだけではなかった。その月の十九日から、牧水は百草山にこもり、第二歌集『独り歌へる』の編集に没頭したことが一番の理由だと思われる。

それにしても、貞子とのことは、あまりにもあっけない幕切れだった。三津木春影については谷邦夫『評伝若山牧水―生涯と作品』に詳しいので、一部引用してみよう。

思うに、当時の牧水に、もう少し結婚の条件が具備していたり、年齢的にも釣合いがとれていたら（貞子は牧水より二歳年上であった。）この女性は牧水夫人の座を得ていたかもしれない。しかし牧水は三津木春影より男前もすぐれず、酒好きでかつ、当時はうす汚れた恋の敗残者の現状であり、歌人としては名を得つつあったが、大学を卒業したばかりで、未だ職はなく生活的な保証もなかった。一方、三津木春影の方はどうかというと、長野県伊那の開業医でもある旧家に生まれ、家柄と資産共に、相当の家であり、本人の容姿も牧水に比べて背も高く、なかなかのハンサムであった。そして早大卒業後は翻訳や評論の筆をとり、のちには、多くの少年冒険小説を書いたほどの才人であったから、貞子はいつとなく春影の方へ傾いて、彼と結婚をしてしまったのである。

さんざん書かれようで、ちょっと牧水が気の毒になってしまうが、客観的に見て勝ち目のない相手だったということのようだ。

あれほど熱烈だった牧水も、さすがに結婚となると、心静かなお祝いの手紙を送っている。三津木と連名の十月の絵葉書以来のことだ。日付は、翌年の一月四日。

> お目出度う、
> あなたのために、また私のために、本当に新しい今年であらむことを祈ります、
> （中略）
> 私はあなたが三津木君と御結婚なさる由を、もう夙《と》つくに知つてゐました、（中略）
> 私は厳粛にあなたがたの御幸福を喜び、且つ祝ひます、初めて三津木君からこの話を聞いた時、ひどくあなたにお目にかゝりたう御座いました、（中略）
> 数日前「独り歌へる」が出来て来ました、あの中にはあなたへさし上げた歌も沢山あります、御上京を待つてさしあげませう、私よりのおくり物はこれ以外にはありませんから、

かつての、熱のこもった手紙とは全然違うトーンだが、素直な思慕がにじむ文面だ。

自分からの贈り物は歌集以外にはない、という言葉が胸に迫る。甲斐性のなさを卑下《ひげ》する気分と、短歌こそが最高のプレゼントだという誇りと、両方が感じられる。卑下と誇り。その二つの思いが、まさに牧水の現在だったのだろう。

第九章　酒飲まば女いだかば

明治四十二年の前半、牧水は石井貞子という女性に、憑かれたように手紙を書いた。ほぼラブレターと言っていい内容で、それは小枝子との辛い恋愛をリセットできればという、いわば迎え酒のような行為だった。

なかなか情けないエピソードだが、牧水は、ただ逃げていたわけではない。いっぽうで恋愛の辛さとも、きっちり対峙していたことを、この章では見ていきたい。貞子への手紙の中にも、おりおり短歌がしたためられていたが、小枝子との恋の行き詰まりを詠んだ歌も、さまざまな雑誌等に発表された。

それらは、第二歌集『独り歌へる』で読むことができる。この年の六月から編集に取りかかり、約一か月後に作業を終えたものだ。

なかでも強い印象を残すのは、相手と自分の「心の食い違い」にスポットを当てた作品たち。そして、きれいごとではすまない「性の問題」を意識した作品たちだ。

まず、心の食い違いを見てみよう（以下、『独り歌へる』から歌を引き、雑誌の初出がわかっているものは、カッコ内に示す）。

君がいふ恋のこころとわがおもふ恋のさかひの一すぢの河

あなたの言う恋の心というものと、自分が思う恋とのあいだには、一本の河が流れているようだ……。「男と女のあいだには　ふかくて暗い河がある」で始まる「黒の舟唄」を先取りしたような一首。互いの心の交わらなさが伝わってくる。小枝子の言う恋の心とは、どんなものだったのだろう。「一緒にいたいというのなら、きちんとした生活の展望を描いてほしい。それが恋の心の証明」。そんな現実的な意見だっただろうか。あるいは「お互いが好きあっているのなら、このままでもいいじゃない」といった消極的なものだっただろうか。いずれにせよ、君のほうは「いふ」で、自分のほうは「おもふ」と表現されているので、議論というよりは、「ああ、認識がこんなにも違うのか」と心の中でため息をつくような感じである。

後に歌集『別離』に収める際には、「君がすむ恋の国辺《くにべ》とわが住める国のさかひの一すぢの河」と改作された。よりくっきりと、隔たりが見える。国境のように河が流れ、住んでいる国が違う。ただ、川辺に姿は見えるわけで、そんなもどかしさも加わった。

わが妻よわがさびしさは青のいろ君がもてるは黄朽葉《きくちば》ならむ

（「趣味」明治四十二年二月号）

これも、わかりやすい比喩を用いて、二人の寂しさの質の違いが表現されている。自分の寂しさは、たとえて言えば青色だが、あなたの寂しさは黄朽葉色ではないだろうか……。「青」は、若々しさや未熟さをイメージさせる。この頃の牧水の寂しさに、ふさわしい色合いだろう。いっぽう「黄朽葉」とは黄ばんだ枯れ葉の色。若さからは程遠い、疲れたイメージだ。第七章で紹介した、牧水の親友佐藤緑葉による小枝子の印象「若々しい娘と云つた感じは殆どなく、既に人生の実際上の経験を相当に重ねてきたといふ風があつた。浪曼的な匂ひを見せるものは何もなく、寧ろ現実的な生活に疲れたやうな感じの見える人だつた。」（『若山牧水』）が、思い出される。

憫《あは》れまれあはれむといふあさましき恋の終りに近づきしかな

（「早稲田文学」明治四十二年五月号）

一方が一方を憐れむというのではない。互いに相手のことを「気の毒な人だ」と感じている。それぞれの側から、まったく逆の風景を見ているという状態だ。確かにそれは、「あさましき恋の終り」かもしれない。

わがこころ女え知らず彼女《かれ》が持つあさきこころはわれ掬みもせず

（「早稲田文学」明治四十二年五月号）

私の心を、女は知ることができない。そして彼女の持つ底の浅い心を、私は汲むことなどしない。かなり醒めた目で、相手を突き放した一首だ。自分のこの深い心を、女のほうはまるで理解できないだろうと言っている。そして相手の心については、その浅さが手に取るようにわかるが、意を汲むことはしないと言う。

こうして読んでくると、小枝子との恋愛において、「心」の面では、かなり物足りなさを感じていたことがわかる。しかし、深い心と浅い心とでは、結局のところ深い心のほうが傷ついてしまう。精神的に牧水は、長い一人相撲をとっていたのかもしれない。

唯だ彼女《かれ》が男のむねのかなしみを解《げ》し得で去るをあはれにおもふ

（「早稲田文学」明治四十二年五月号）

そして、同情。男の胸の悲しみを理解することなく（意志ではなく、理解することができないまま）去ってゆくことを、哀れに感じるという。この歌でも、女の心の浅さが詠まれている。意見が違ったり、感情がぶつかり合ったりするのは、人間同士ならあり得ることだ。が、どこか深いところで分かり合えていないという悲しみが一首からは伝わってくる。先ほどの河の流れに隔てられた心と心が、この歌からも窺える。こんなにも心が遠く、分かり合えていないという自覚があるのなら、もう恋愛とは呼べないのではないかとさえ思われる。けれど、見限るところまではなかなかいかない。なぜか。恋愛は心だけでするものではないから、だろう。

恋愛のもう一つの大きな要素である体のこと、つまり「性の問題」を牧水は率直に詠んでいる。同様に『独り歌へる』からピックアップして読んでみよう。

白粉《おしろい》と髪のにほひをききわけむ静かなる夜のともしびの色

化粧の匂いと、髪の匂いと。その違いを嗅ぎ分けようという歌だ。自分のために装ってくれることは嬉しいが、人工的な香りよりも、その奥にある彼女本来の匂いを嗅ぎあてたいという欲望が見える。美しい言葉が並んでいて、下の句では情景に逃げているので、さらっと読みすごしてしまいそうになるが、これはそうとうにエロティックな一首である。

白粉と髪が接近している場所といえば、うなじだろう。映像にするなら、まず、女のうなじから髪にかけて顔を埋める男の姿。そしてカメラはパンして、静かな夜の灯を映す。その後のことは読者の想像におまかせします、とでもいうように。

牧水自身も、映像的な一首であることを意識していたようで、『別離』では「白粉《おしろい》と髪のにほひをききわけむ静かなる夜の黄なるともしび」と改作している。「ともしびの色」だと、その色が気になってしまうが、「黄なるともしび」なら、ほの暗く舞台を照らす照明のような効果が期待できる。

興味深いのは、『独り歌へる』でも『別離』でも、先ほどの「一すぢの河」の歌の直後にこの歌を置いていることだ。「心はこんなに隔たっているのに、直後にこの歌ですか！」と突っ込みたくなるところだが、逆に象徴的だとも言える。並んだ二首を眺めると、二人の関係性が見えてくるし、並べた牧水自身の思いや狙いも、そこにあるのだろう。どんなに心が隔たっていても、体は近づくことができるのだ。


あはれそのをみなの肌《はだへ》しらずして恋のあはれに泣きぬれし日よ

女の肌というものを知らないで、恋の気分にひたって泣いたりしていた日々があったなあ。あれは何だったのだろう。今振り返ると、まったく幼い嘆きでしかなかった。そんな回想を詠んだものだ。「をみなの肌《はだへ》しらずして」とは実感のこもる言葉で、踏みこんだ表現が印象に残る。

根本海岸で小枝子と結ばれてから、恋の悩みはいよいよ深くなった。結ばれたことは、もちろん大きな喜びだが、心の問題だけでなく体の問題が絡むことの複雑さ、切なさ、抗《あらが》いがたさ。そのことを、次のようにも詠んでいる。

少年《せうねん》のゆめのころもはぬがれたりまこと男のかなしみに入る

少年から大人の男への脱皮。「ゆめのころも」という優しい薄絹をまとうような甘い恋の時代は終わった。ここから、本当の男の情愛や悲しみが始まるのだ……。女を知らなかった頃への郷愁と憐憫《れんびん》と、また羨望のような気持ちの入り混じった歌である。

心と体は、切り離せない。まず心が惹かれあったから体の関係ができたと考えるのが自然なようだが、いやしかし体の関係ができたことではじめて心が確認されるとも言えるのではないか。鶏が先か卵が先かの議論にも似て、好きだからこうなったのか、こうなったから好きなのか。そのあたりは、混然一体となっている。もちろん、なにもかもがうまくいっていれば、どっちが先とか、どっちが重要とか、別に考えたり悩んだりすることはないだろう。だが、恋愛のどこかがほつれ始めると、案外このことが悩ましいテーマとなることが多い。まさに少年にはない男のかなしみとして。

そもそも牧水は、小枝子のどこに惹かれたのだろうか。誰もが口をそろえるように、彼女は抜群に美しい人であった。単身上京してきて、武蔵野でデートしたり、牧水の下宿に夜遅くまでいたり。その頃にはもう、牧水は夢中になっていることが、短歌からはもちろん、友人知人への手紙からもよくわかる。つまり、ほぼひとめぼれに近い形で恋に落ちたと考えられる。そして焦《じ》らしに焦らされて、やっと根本海岸で結ばれた。

長い片思いの時間を思えば、心が先かもしれない。が、結ばれてから知る心のほうがよりリアルだったとも考えられる。その意味では体が先と言えなくもない。現に、先ほどあげたような彼女との心の距離や分かり合えなさを詠んだ歌を見ると、この恋愛は体が先、という認定もありだなという気がしてくる。

体を求める気持ちと、心を求める気持ちを、長く勘違いしていたのではないか。そんなふうに読める歌が『独り歌へる』にある。これはそのまま『別離』にも収録されているが、初出はわからない。『独り歌へる』の編集時に付け加えられたものとも推測できる。

酒飲まば女いだかば足りぬべきそのさびしさかそのさびしさか

心が寂しいと感じる。何かを欲する。誰かを欲する。寂しさという心の穴を埋めようとする。孤独とか恋とか、ずいぶん立派な言葉でその心の動きを表現してきたが、しょせん酒を飲んだり女を抱いたりすることで埋められるようなものだったのではないか。そんな寂しさを、恋などと思ってきたのではないだろうか。

「そのさびしさか」のリフレインには、自問自答を繰り返しつつ、そう認めざるをえないことに愕然としているニュアンスが漂う。酒と女を並列にしているのは、つまりこれまでの小枝子への渇望は、酒を飲みたいというのと変わらない種類の、肉体的な欲求だったのではないかという思いだろう。

恋という言葉こそ出てこないが、恋における体と心の問題が、この一首のテーマではないだろうか。この時期の牧水の作品には、まさに「恋」という語をつかって、恋とは何か、を詠んだものが非常に多い。その背景にあるのは、小枝子との時間が、はたして「恋」と呼べるものだったのかという根本的な疑問だろう。

恋といふうるはしき名にみづからを欺くことにややつかれ来ぬ
（「趣味」明治四十二年五月号を改作）

「恋」という麗しい言葉で自分をごまかすことに、このごろは少し疲れてしまった、という歌だ。つまり、現実はそんな美しいものではないし、恋と呼べるようなものではないと気づいている。

恋もしき歌もうたひきよるべなきわが生命《いのち》をば欺かむとて
（「趣味」明治四十二年四月号を改作）

恋もした、歌も詠んだ、それは頼りない自分の命を、あざむこうとしてのことだったのだ、と述懐している。すべては自分の心の弱さによるのであって、それを救うためのものだったとしたら、本当の恋とは言えないだろう。

いかにして斯くは恋ひにし狂ひにし不思議《ふしぎ》なりきとさびしく笑ふ
（「文章世界」明治四十二年二月号）

いったいなんだってこんなふうに、狂ったように恋い焦がれていたんだろう。不思議なことだったよと寂しく笑う、という歌。悪い夢から醒めたと言わんばかりである。

あらためてまことの恋をとめ行かむ来《こ》しかたあまりさびしかりしか
（「文章世界」明治四十二年二月号）

あらためて、本当の恋というものを求めて行こう。これまでの出来事は、あまりに寂しかったではないか。この歌では、はっきりと、まことの恋ではなかったと言いきっている。

恋なりししからざりしか知らねどもうきことしげきゆめなりしかな
（「文章世界」明治四十二年二月号）

恋だったのか、そうではなかったのか、よくわからない。ただ、ほんとうに悲しく辛いことの多い夢だったなあ。雑誌でも、その後の歌集でも、前の一首に続いて並べられている歌だ。どこかで、本当の恋ではなかったと断定したくない気持ちがあって、このような歌を置いたのかもしれない。

「恋」という語を多用して、自分のくぐり抜けてきたこれまでを、振り返る牧水。あれは恋だったのか、否か。どちらかというと否定する気持ちが強いものの、そう言いきってしまうのも惜しい、という思いが見え隠れする。

けふ見ればひとがするゆゑわれもせしをかしくもなき恋なりしかな

こんな、なげやりな歌もある。今にして思うと、みんながするから自分もと、そんな気持ちで始めた、おかしくともなんともない恋だったことだよ。つまり、通過儀礼としての恋。恋と認めつつも、その質をくさしている。自虐的だし、過去の自分に失礼なのでは、とさえ思える歌いようだが、こうでも詠まないと、やってられないといった気持ちなのだろう。

さて、もう一度、性の問題のほうへ話を戻そう。心と体の、ごちゃごちゃ加減、うやむや加減が、実によく表現されている二首がある。

やうやうに恋ひうみそめしそのころにとりわけ接吻《きす》をよくかはしける
（「趣味」明治四十二年六月号）

強ひられて接吻《きす》するときよ戸《と》の面《も》には夏の白昼《まひる》を一樹《いちじゅ》そよがず
（同）

この接吻二首は、『独り歌へる』、『別離』、ともに並んでの掲載だ。牧水の中ではワンセットだったのだろう。

一首目。だんだん恋が、うまくいかなくなってきたその頃、とりわけ頻繁にキスをしたものだなあ……。観念的に考えると、恋愛がうまくいっている時ほど、たくさんキスをしそうなものだ。が、現実はそうでもない。だからこれは、観念ではなく、まことにリアルな歌ということになる。

恋愛がうまくいかず、ケンカしたり言い争ったりするとき、もっとも手っ取り早い解決方法は何だろうか。ステディな二人の場合、それは体の関係に持ち込むことである。しのごの言わずに体を重ねてしまえば、ささいなもめごとくらい水に流せてしまう。

第四章で、牧水からの影響を書いた私だったが、もしかしたらこの歌もそうだろうか。

議論せし二時間をキスでしめくくる卑怯者なり君も私も　　俵万智

つまりそういうことで、「強ひられて」という二首目を読むと、小枝子のほうが、より積極的にこの解決方法を採用していたように見える。さすがである。

なんだか面倒な話になってきたと思ったところで、牧水の言葉を封じるように、無理やり接吻を求めてくる小枝子。となれば、接吻だけで終わるはずがない。その後は、カメラがパンアップして部屋の外の樹木を映す。「静かなる夜の黄なるともしび」と同じ手法だ。「戸《と》の面《も》には夏の白昼《まひる》を一樹《いちじゅ》そよがず」。夏の昼下がり、風もなくじっとりとした空の下、樹木はそよぎもせずに二人の行為を見つめている……と、昼ドラさながらの、エロティックな世界である。こんなふうにして牧水は、言い方は悪いが、小枝子に丸めこまれていたのかもしれない。

ありし夜のひとの枕に敷きたりしこのかひなかも斯く痩せにける

（「早稲田文学」明治四十二年六月号）

これもリアルな感覚を詠んだ一首だ。かつて、彼女に腕枕したこの腕。それが、こんなにもやせ衰えてしまったと、しみじみ眺めている。自分自身の体の一部が、彼女との共寝の記憶を、ありありと蘇らせる。「痩せにける」によって、時間的な隔絶が表現されているのも巧みだ。

この時期には、別れ話が出ていることも窺われる。それは、そうだろう。明治四十一年の暮れ、小枝子と二人で住むために家まで用意したのに、彼女がそこに移り住むことはなかった。年が明けて傷心旅行に出かけたときに、牧水は貞子に初めて会ったのだった。その間、友人に頼んで小枝子を説得してもらったりもしたようだが、不首尾に終わる。いよいよ小枝子もごまかしがきかなくなってきただろうし、同じ所に下宿している従弟の庸三との仲も牧水は疑っているわけで、これはもう相当な修羅場といっていい。

心が求めているのか、体が求めているのか、とにかく別れ話に際して千々に乱れる心を、牧水は詠み続けた。

女なればあはれなればと甲斐もなくくやしくもげに許し来つるかな

（「早稲田文学」明治四十二年五月号）

相手は女、しかも愛しい女、そう思って許してきたことだが、みな甲斐もなく悔しい結果になっているという歌だ。「許す」という語が、聞き捨てならない。謝らなければならないようなことを、小枝子がしてきたということになる。

憫れぞとおもひいたれば何はおき先づたへがたく恋しきものを

（「早稲田文学」明治四十二年五月号）

そうはいっても気の毒な女だと思いいたれば、まずは堪えがたく恋しくなってくる。この「恋しき」が、心なのか体なのか、本人にも分かっていない感じがする。

逃《のが》れゆく女を追へる大たはけわれぞと知りて眼眩《めくら》むごとし

（「早稲田文学」明治四十二年五月号）

逃げてゆく女を追いかけている大馬鹿者、それが自分だと気づいて眩暈《めまい》を覚える。なんだかんだ言って、ずいぶんみっともないことになっている自分を客観視し、自覚した歌だ。とはいえ、次の一首のような思いも、胸を去来する。

斯くてなほ女をかばふ反逆《はんぎやく》のこころが胸にひそむといふは

（「早稲田文学」明治四十二年五月号）

こんなことになっても、なお女をかばう気持ちがある。それは自分自身に対する反逆の心と言っていい。そんなものがまだ自分の胸に潜んでいるとは。どこかで、相手をかばいたい、許したいという思いを捨てきれないでいる辛さが、痛いほど伝わってくる。その迷いは、相手が詫びてくるのを待つという心境へとつながってゆく。

いつまでを待ちなばありし日のごとく胸に泣き伏し詫ぶる子を見む
（「早稲田文学」明治四十二年五月号）

詫びて来よ詫びて来よとぞむなしくも待つくるしさに男死ぬべき
（同）

いつまで待ったなら、かつてのように、我が胸に泣きながら伏して詫びるおまえの姿を見ることができるのだろうか、という一首目。つまり過去にも、そういうことがあったと読める。

謝りに来てくれ、謝りに来てくれ、と空しく待つ苦しさ。その苦しさで、男というものは死んでしまいそうだ。

素直に謝ってくれれば、もうそれで許してしまいそうな勢いである。同居してくれないこと、過去のさまざまな出来事や経歴を隠してきたこと、庸三との関係が怪しいこと。泣いて謝ればすむ問題ではないだろうが、いざ別れようとすると、思いきれない牧水がいる。身も心も翻弄されている。

「死」という語も、この時期の作品には頻出している。もしかしたら、死を思うことがあったかもしれない。けれど、多くは抽象的、観念的な歌だ。それよりも私には、自然や季節の移り変わりのなかで、かすかな生きる実感を取り戻している歌たちが魅力的に見える。

わが恋の終りゆくころとりどりに初なつの花の咲きいでにけり
（「女子文壇」明治四十二年七月号を改作）

素直で、情感のあふれる歌だ。恋が終わりゆくころ、思い思いに初夏の花たちが咲きはじめた。死にゆく恋と季節の花の生命力の対比だが、どちらかというと生まれてくる花のほうにスポットが当たっている。こんなふうにまた、新しい恋だって咲くことがあるかもしれないと思わせる明るい光景だ。

青草によこたはりゐてあめつちにひとりなるものの自由をおもふ
（「八少女」明治四十二年七月号）

青々とした草に寝ころび、この世界に一人であることの自由を感じている牧水だ。戸外で草の上だからこその感慨だろう。恋愛というものから解放された、のびのびした気分が伝わってくる。

わが行けばわがさびしさを吸ふに似る夏のゆふべの地《つち》のなつかし

（「新潮」明治四十二年七月号）

自分の寂しさを、夏の夕暮れどきの地面が吸ってくれるようだと言う。これもまた、アスファルトの道路では感じられないことで、自然への強い親しみ、自然は味方だという心情が、よく表れた一首だ。

悶え苦しみながらも、疑問や行き詰まりを含めて、恋の歌を大量に生み出した牧水。本章で取り上げたのは、そのごく一部である。貞子にあてた手紙の熱量を、さらに上回っているというべきだろう。

最後に、ちょっと毛色の変わった、失恋の実感を伝える一首を。

爪延《つめの》びぬ髪も延び来《き》ぬあめつちの人にまじりてわれも生くなり

（「趣味」明治四十二年四月号を改作）

爪がのびてきた。髪ものびてきた。世の中の人にまざって、私も生きていくのだなあ。「これがなぜ、失恋の実感なの？」と思われるだろうか。爪がのびたり髪がのびたりということは、通常なら当たり前すぎるほど当たり前のことだ。それを不思議に感じるからこそ歌が生まれる。心はこんなにダメージを受けているのに、爪とか髪とか、普通にのびるんだ……。体は、生きたがっている。いや、ごく普通に生きている。それを受けての下の句だろう。

『別離』では、さらに「爪延《つめの》びぬ髪も延び来《き》ぬやすみなく人にまじりてわれも生くなり」と改作された。「あめつちの」より、いっそう日常的な感じが強調されている。心が死ぬほど傷ついていても、日常の暮らしはいやおうなく続いていくのだ。違和感を持ちながらも、普通にのびる爪や髪や継続する日常に、どこか救われてもいる。そんな歌ではないかと思う。

「おまえとは結婚できないよ」と言われやっぱり食べている朝ごはん　俵万智

こんなときでもお腹がすくんだ！　と驚いたことを思い出す。牧水への深い共感とともに。

第十章　眼のなき魚

明治四十二年の六月十九日から一か月弱、牧水は百草山に滞在し、歌集『独り歌へる』の編集作業をおこなった。こう書くと、編集のために山にこもったようだが、きっかけは、小枝子との恋愛のごたごたである。この年の前半は、第八章、第九章で見てきた通りの七転八倒ぶりだった。恋愛から距離をとるために行った先で、編集を進めたというのが実態のようだ。六月二十日に友人の尾崎久弥あてに出した葉書が残っている。

やり切れなくなつて昨日雨をついて東京を逃げ出したわけだ、急、突然だつたので、いさゝか自分ながら驚いて居る、（中略）いよいよ出版も事実と思つたので、実はこちらでもその原稿を整理すべく此処へ来たわけである、また、七月十二日には、親友の平賀（鈴木）財蔵にあてて、次のような手紙をしためた。

東京には居れなくなつてね、不意に逃げ出して来たわけだつた、相変らず悲惨なものだよ、

これを読むと、自分の気持ちだけでなく、何か東京に居づらいというニュアンスが感じられる。第七章で紹介した牧水の随筆「秋草の原」には「T――君たちの二人は許された恋仲であり、私どものは固く禁ぜられたそれであったのだ。」という記述があった。小枝子の親戚筋との、なんらかのもめごとも想像される。

また、この手紙には、印象的な一節がある。

恋《ラブ》といふ奴は一度は失敗してみるもいゝかも知れぬ、そこで初めて味がつくやうな気がするね、

自分では、その直後に「悲惨なる負け惜しみかも知れぬ、」と言っているが、なかなかどうして、深い言葉だ。うまくいってばかりの体験というのは、結局、無味無臭

のもの。一度失敗をすることで、味がつく。これは恋に限ったことではないだろう。この時、牧水が味わっていたものは、かなり苦かっただろうし、むしろこんなふうに軽やかに言いきれないほどの思いがあっただろうが。それでも、一か月ほどの、歌と向き合う静かな時間の中で、牧水なりに到達した一つの境地だったかもしれない。

百草山にこもっていた時の作品は、『独り歌へる』の最後の方に、まとめて置かれている。「六七月の頃を武蔵多摩川の畔なる百草山に送りぬ、歌四十三首」という詞書があり、それらの歌の初出を確認すると、この時に詠まれたものであることは間違いなさそうだ。

第六章で、『独り歌へる』の冒頭の連作のほうも、この編集時期に詠まれたものではないかと推測した。あれらと、最後に置かれた四十三首とでは、まったく色合いが違っている。ひとまとめにには、とてもできない。小枝子との百草山行きの思い出を詠んだものは、時系列からいっても冒頭に置き、編集時の気持ちをストレートに詠んだものは掉尾《とうび》に、というのは、歌集を編集する立場としては、ごく自然な流れだろう。

思い出を詠んだ作品は、たとえば「山はいま遅き桜のちるころをわれら手とりて木《こ》の間あゆめり」「木《こ》の芽《め》摘みて豆腐《とうふ》の料理《れうり》君のしぬわびしかりにし山の宿かな」等々、まことにみずみずしく、充実感に溢れるものだった。

考えてみれば、都心を離れるということだけなら、別に百草山でなくてもいいはずだ。思い立って突然の行動ではあったが、その時に向かったのが、小枝子との幸せなデートの場所だったことは偶然ではないだろう。一月の傷心旅行先を、安房の海岸にしたように。

さて、歌集の掉尾を飾る連作から、何首か読んでみよう（『独り歌へる』から引き、初出のわかるものは、カッコ内に示すこととする）。

山に来てほのかにおもふたそがれの街にのこせしわが靴の音

（「八少女」明治四十二年十月号）

体は山に来ているが、魂の一部だけはまだ街に残っている……そんな気分がよく伝わってくる。実体があるようなないような「靴の音」が効果的だ。小枝子のいる場所への心残り、そして小枝子そのものへの未練、ともとれる。

ゆめみしはいづれも知らぬ人なりき寝ざめさびしく君に涙す

（「早稲田文学」明治四十二年九月号）

夢に出てきたのは知らない人ばかりだった。目覚めと同時に君のことを思い、涙している。せめて夢のなかでいいから、君に会いたい。今や夢のなかでさえ、会えないのか。そんな気持ちだろう。離れてもなお、小枝子のことを思ってしまう心である。

きはみなき旅の途なるひとりぞとふとなつかしく思ひいたりぬ

（「読売新聞」明治四十二年八月二十二日）

人生は、ゴールのない一人旅をしているようなもの。そのことをふと懐かしく思い出した。かつての「幾山河」や、小枝子を意識した「いざ行かむ行きてまだ見ぬ山を見むこの寂しさに君は耐ふるや」のような昂ぶりはない。今はただ、ああやはり人生は一人旅なのかもしれないと感じている。

かなしきは夜のころもに更ふる時おもひいづるがつねとなりぬる

（平賀財蔵あて手紙　明治四十二年七月十二日付ほか）

寝巻に着替えるとき、きまってその人のことを思い出す。それが習慣のようになってしまったのが、悲しい。『古今和歌集』の「いとせめて恋しきときはむばたまの夜の衣を返してぞ着る」という小野小町の一首が思い出される。夜の衣を裏返して着ると夢で恋しい人に会えるという俗信に基づいた歌だ。先ほどの「ゆめみしは」では、夢の中で会えないことを嘆いていた。寝巻に着替えるたびに牧水の心には、そのまじないのような俗信が過《よ》ぎったのではないだろうか。

全体として、都心にいた時よりは、かなり落ち着いたトーンで、この恋を見つめ直している雰囲気だ。もちろん、それでもやはり未練を断ち切れないことが、どの歌からも伝わってくる。

『独り歌へる』の出版は、名古屋の雑誌「八少女」に集っていた人たちが引き受けることになった。牧水は感極まったような感謝の手紙を書いている。この頃の手紙を見ると、装丁や一ページあたりの歌の数にいたるまで、牧水は細かに指示を出し、販売の戦略なども立てて、かなりの入れ込みようだ。が、なかなか思うように事は進まず、珍しくイライラした筆致の手紙もある。張りきりぶりが垣間見える手紙の一例として、明治四十二年七月八日付の「八少女」鷲野芳雄あてのものを読んでみよう。百草山から出されたものだ。

若しかしますと、案外に東京だけで売れるかも知れません、

この秋は何でもいろいろ詩集が出るらしい、一寸景気がつきますと、却つて幸いですがね、

売る方から云つても私の考案の奇抜な体裁は或はいいかとも思はれます、とにかく一新紀元を開くやうなものですから、
名古屋での話のわかる大きな書店とも成るべく深く強く交渉を開いて販売かたに充分を期して下さい、名古屋から交渉させて畿内からあの辺の地方へ売り弘めたらいゝかとも思はれますが、如何でせう、

秋には出版し、この歌集で天下をとると言わんばかりの意気ごみだ。名古屋の大手書店との交渉、さらにそれを足がかりにした関西方面への進出をも目論んでいる。だが結局、出版は遅れに遅れて、翌年の明治四十三年一月となった。大悟法利雄『若山牧水伝』によると「本の出来そのものはほぼ予想通りであったが、ただ一つひどく牧水を落胆せしめたのは印刷部数が僅かに二百部（百五十部とも言われてゐ《い》る）という少数だったことである。（中略）しかし発行者としてはまた無理もないところもあった。八少女会の同人たちは僅かに『八少女』を出しているというだけで出版の経験など更になかったし、それにみな若くて資力など更になかった。そして『独り歌へる』の印刷のため『八少女』十月号を一冊休刊までしたくらいで、もともと出版などやるというのが最初から無理だったのである。」という結末になったのだった。九月二十九日付の鷲野芳雄あての手紙には「海の声は東京堂で百十幾部しか売れなかつた、」とか

「僕の手許の入用といふのは広告用ですが、五十部ほど頂ければ」などとある。いったい、どれくらいの刷り部数を、牧水は想定していたのだろう。

初めての歌集『海の声』も、出版を持ちかけてきた人が途中からいなくなってしまい、自ら借金をして出したものの、さしたる反響は得られなかった。歌集出版については不運続きの牧水である。が、このどちらかが、そこそこ評判をとるというようなことがなくて、実はよかったのかもしれない。というのも、明治四十三年の四月に、『海の声』と『独り歌へる』を合わせたものに新作を加えて編集した歌集『別離』が、しっかりした出版社から刊行され、これが牧水の評価と人気を不動のものとすることになるからだ。二度の歌集編集の経験が生かされ、歌の数もボリュームがあり、これぞ牧水の青春歌集の決定版という趣がある。『海の声』も『独り歌へる』も、少部数で知られていなかったからこそできたことだし、読者の目には新鮮に映ったことだろう。

タイミングもよかった。『別離』を出版したのは東雲堂《しののめどう》書店という版元だが、明治四十二年の暮れに、牧水は東雲堂の西村辰五郎から新雑誌の編集を依頼された。話はとんとん拍子に進み、明治四十三年三月に短歌中心の文芸雑誌「創作」が創刊される。雑誌作りは牧水のかねてからの夢だったし、資金の心配がないということで、編集に専念できたようだ。創刊号には尾上柴舟、金子薫園《くんえん》、窪田空穂《うつぼ》、北原白秋、太田水穂、相馬御風《ぎよふう》、前田夕暮といった、そうそうたる顔ぶれが並んでいる。これが大成功を収めた。復刻版を見てみると、一号、二号は表紙がモノトーンだが、三号、四号はカラーだ。そして、明らかに分厚くなっている。どんどん読者が増え、寄稿者は与謝野寛、吉井勇、与謝野晶子、石川啄木など、さらに豪華になった。四月に同じ版元から刊行された『別離』の広告は、もちろんバーンと掲載。第三号（五月発行）には、早くも「『別離』を読む」という小特集が組まれている。そういった環境のなか、歌集は注目され、高い評価を受け、多くの読者に「幾山河」や「白鳥は」の歌が愛誦されることになった。

『独り歌へる』の刊行が一月で、『別離』は四月だ。年始から「創作」の編集で忙しかったはずだが、その勢いにのるようなタイミングでまとめることができたのは、すでに『独り歌へる』ができていたから、とも言える。百草山で編集をしていた時間が、ここで生かされた。結果として「八少女」同人たちの友情は、『別離』誕生を、絶妙な形でアシストしたと見ることができるのではないだろうか。

歌人としての名声を一気に高めた『別離』。だが、その内容の大半を占める小枝子との恋愛は、一段落どころか、いよいよ泥沼化の様相を呈していた。たびたび引用する『若山牧水新研究』には、時々さらっと爆弾発言が載っているのだが、以下、明治四十二年から四十三年にかけての叙述を引用する。

牧水を更に大きな苦悶に陥れたのは、小枝子の妊娠という思いがけない事態であった。それのわかったのがいつだったかはっきりしないが、明治四十二年だったことはほぼ間違いない。（中略）小枝子の妊娠については十分身に覚えはあるものの、庸三という従弟の存在が「もしや」という疑念となって絶えず牧水の心をさいなむ。それは誰にうち明けて相談することも出来ないだけに、若くてまだ世馴れない牧水は酒色によってそれを紛らすよりほかはなく、その生活は目に見えてすさんで行くのだった。

以上が、明治四十二年の後半である。そして翌明治四十三年。「僕の眼にうつる全てのものは大方真っ暗だ、」という西村辰五郎あての五月八日付の手紙を引用したのち、大悟法はこう記す。

私はいろいろ調べてみて遂に正確な時日を知り得ずに終ったが、小枝子の女児を産んだのがどうやらこの前後だったらしい。牧水の子供というわけだが、正式な出産届などは出されていない。そしてその子は千葉県の稲毛あたりに里子に出された。そこにつれて行ってあずけたのは小枝子の従弟の庸三で、私はそのことを彼自身の口からきいた。彼は牧水を知った頃苦学をしていたが、どうにも学資が続かないため遂に学校を断念して就職し、会社の仕事で千葉県に出張していた関係からそんな所を知っていたのだという。

里子には出したものの、それは養子としてやったのではないから、もちろん月々に何ほどかの養育費は支払わなくてはならず、牧水はその養育費を捻出するためにも喘がねばならなかったが、それよりももっともっと大きな精神的な苦悩があったはずで、それは小枝子と庸三に対する疑惑であり、里子に出された子供の出生についての疑惑でもある。

「創作」や『別離』で歌壇的な成功をおさめる一方で、こんなことになっていたとは。小枝子の妊娠、出産、そしてその子を里子に出したことなどは、大悟法の体当たりインタビューまで、知られていなかった。彼は、牧水が亡くなった後に、小枝子や庸三に会いに行って話を聞いている。ただ、関係者が存命のうちは活字にはせず、このことが明らかになったのは昭和四十九年「短歌研究」七月号と九月号に二度に分けて掲載された「牧水の恋人小枝子」によってである。四十七年に小枝子が、四十八年に庸三が亡くなったことが契機だろう。牧水とその夫人もすでに鬼籍に入っていた。

その後、昭和五十一年の「短歌」十一月号に「牧水の恋人小枝子を追って」が掲載された。その中に「私は二、三年前ある雑誌に『牧水の恋人小枝子』と題して彼女について一通り書いたことがあるけれど、それにもはっきりとは書かなかったところがかなりある。だが、私には一度すべてを書いておく責任があり、今はそれをやっておくべき時だと思われるので、改めて私の知っていることを何もかもはっきり書いておくことにしよう。」というくだりがあり、いわば小枝子についての決定版ということで、『若山牧水新研究』にも、この論文のみが収められている。

最初に発表された「短歌研究」の「牧水の恋人小枝子」を読んでみると、確かに情報量は圧倒的に少ないが、気になることが一点あった。それは、小枝子の兄への言及である。

当時、小枝子にはいくらか頼れる肉親として父親のちがう兄が一人東京に住んでいた。彼女はせっぱつまるとその兄のところに泣きついて行ったりしていたが、もちろんいつも歓迎されようはずはない。

その頃小枝子はもう牧水との間の不始末をその兄に知られて、下宿住いなど出来なくなり、すっかり監視されて牧水と自由に逢うことさえ出来なくなっていた。

二つ目の引用の「その頃」とは、明治四十一年、牧水が大学を卒業した夏の頃のことである。第七章で書いたが、当時小枝子は、重病にかかった兄が瀕死で、その看病のために会えないという状況だった。重病？　瀕死？　それでも兄は、監視していた？

「短歌」のほうにも、この兄は登場している。小枝子の妊娠問題にからんで、次のようなくだりがある。

小枝子は郷里の家や親戚などとの間がごたごたしていたが、彼女には一人のいわゆる「タネチガイ」の兄があって東京に住み、それが親戚の代表格だったので、牧水はそれとも逢わねばならなかった。

『若山牧水新研究』のほうでは、「タネチガイ」のところは「彼女には田坂静夫という父親のちがう一人の兄があって」と実名が出され、改められている。

つまり小枝子の兄は、二年前の瀕死の重病からは快復したのだろう。そして妊娠問題で、采配をした。快復はまことにめでたいことだが、そもそも重病などではなく、会えないことの言い訳だったのではないかと思うのは、私だけではあるまい。だが牧水は後のエッセイにも「其頃私の恋人の兄は瀕死の病気にかかつてゐた。」（「火山の麓」）と書いている。小枝子の言葉を、額面通り受けとっていたようだ。

大悟法のインタビューの中で、牧水の手紙などは所持していないかと尋ねられ、小枝子がこう答える場面がある。

「いいえ、私はあの方からお手紙などいただいたことはございません。私には兄があって、兄はいただいたこともありましたけれど……」

この兄が、異父兄の田坂静夫氏だろう。牧水は、軽井沢から、兄の目に触れてもいいという思いで、せっせと小枝子に手紙を書き送っていたが、直接兄あてにも手紙を出していたとは。報われることを念じて、報われない手紙を書いていた牧水のことを思うと、胸が痛む。

　さて、五月に出産したとすると、小枝子が妊娠を確信したのは、前年の秋ぐらいだろうか。明治四十二年の秋ごろから翌年にかけて、牧水が詠んだ歌で妊娠を匂わせるものは、さすがに見当たらない。が、まことに鬱々とした色合いのものが多く、また未練も感じさせられる。『別離』の最後の方に収められた歌から、何首か読んでみよう（『別離』から引き、初出のわかるものは、カッコ内に示すこととする）。

秋《あき》の白昼《ひる》風呂《ふろ》にひたりて疲《つか》れたる身はおもふなり女《をんな》のことを
（「文章世界」明治四十二年十一月号）

昼間から疲れて、風呂に入っている。「心」ではなく「身」が、女のことを思っている。風呂という否応なく身体を意識する場面で、この感慨を詠むところがリアルだ。

おもはるるなさけに馴れて驕《おご》りたるひとのこころを遠くながむる

（初出不明『別離』所収）

初出は不明だが、『別離』の最後の方に置かれているので、『独り歌へる』編集以降、つまり明治四十二年七月以降の歌ではないかと推測される。『別離』編集時に作ったものかもしれない。

人から愛されることに馴れて、驕りたかぶっている人の心を、遠くから眺めているという歌だ。「ひと」は、小枝子のことだろう。牧水からはもちろん、庸三からも愛されている彼女の心を、冷ややかというよりは「何故そんなことができる？」という茫然とした気分で見ている感じだ。庸三はライバルではあるが、彼が小枝子に惹かれる気持ちは、誰よりもわかる。それよりも、二人の男に同時に靡《なび》いてしまう女の心のほうが、深い謎なのだ。一つの解として、愛されなれた女の驕りを、牧水は彼女に見ている。ある意味、鋭い視線だ。驕りとは、惚れた者の弱みを見越して、ごまかせるだろう、嘘をつきとおせるだろう、なんとかなるだろう、という女の側の甘い考えである。

手《て》をとりて心いささかしづまりぬもの言《い》へば弥寂《いやさび》しさの増す
（「文章世界」明治四十二年十一月号）

秋のあさうなじに薄《うす》く白粉《おしろい》の残れるを見つつ別れかへりぬ
（同）

それなのに、この期に及んでまだこんなことをしている。鋭い視線など一時のもの、ということがよくわかる。

一首目はつまり、言葉によるコミュニケーションより、スキンシップのほうが上だと言っている。何か言うと寂しさばかりが増えてしまうが、手と手をとりあえば、少し心が鎮まる二人なのだった。

二首目は、後朝《きぬぎぬ》の歌だろう。昨晩の熱を冷ましてくれるような、ひんやりとした朝の空気。うなじに残る白粉というのが、なんとも艶っぽい。

この二首は、雑誌発表時も『別離』収録時も並んでいるので、続けて読むことの相乗効果がある。結局、言葉も心もかみ合わないまま、ずるずると関係は続いていた。

棄て去りしわが女をばさまざまに人等《ひとら》啄《ついば》むさまの眼に見ゆ

（「秀才文壇」明治四十三年一月号）

十一月号から一月号のあいだに、別れ話があったのだろうか。自分と別れたら、庸三を筆頭に、さぞいろんな男が言い寄ることだろう……。威勢はいいが、要するに、別れた後も小枝子が「おもはるるなさけに馴れて」ゆく様子を思い浮かべているわけだ。これはこれで、なかなかに未練がましい虚勢の歌と読める。

さまざまの女《をんな》の群《むれ》に入りそめぬ恋に追はれし漂泊人《へうはくびと》は

（「秀才文壇」明治四十三年一月号）

大悟法の言葉に「酒色によってそれを紛らすよりほかはなく、」とあったが、この頃の牧水は、酒だけでなく悪所通いもしていたようだ。「恋に追はれし漂泊人《へうはくびと》は」とは、美しくまとめすぎの感じがするが、己の弱さを詠むことを牧水はやめなかったとも言える。

容《い》れがたし一度《ひとた》びわれを離《はな》れたる汝《なれ》がこころはまた容《い》れがたし

（初出不明『別離』所収）

これも、『別離』編集時に作ったものだろうか。庸三と牧水の間を、揺れ動く小枝子の姿が見える一首だ。一度は離れたおまえが、また戻ってきても、そう簡単には受け入れられないと詠んでいる。初句で強く「容《い》れがたし」と言い切り、結句でまた念を押すように「容《い》れがたし」とまとめている。ここまで断定しないと、うっかり受け入れてしまいそうな自分を、その危うさを、感じているからこその繰り返しだろう。しかも「汝《なれ》がこころ」は受け入れがたいと言っている。では「汝がからだ」のほうは、どうなのだろうか。

春白昼《はるまひる》ここの港に寄りもせず岬を過ぎて行く船のあり

（「創作」明治四十三年三月　創刊号）

「創作」創刊号に発表された歌にして、『別離』のラストを飾る一首である。両者が同時進行で編集されていたことが、よくわかる。「（以下旅に出で、）」という詞書のある一連中の作なので、きっかけは実景から得たものだろう。だが、単なる旅の歌を越えて、この時の牧水の心象風景とも読めるところが魅力だ。

淡々と描写しているようで「寄りもせず」に、わずかな情感がにじむ。春愁という言葉では片づけられない、大きな喪失感が伝わってくる一首である。

同じ創刊号に発表した歌のなかでも、酒色にまみれていることを示すものたちは、次の歌集『路上』のほうに収められている。これ以降、牧水の創作の舞台は、文字通り「創作」になるわけだが、創刊号以降の作品で、気になるものを読んでみよう。歌は『路上』から引き、カッコ内に初出を示す。

なほ耐《た》ふるわれの身体《からだ》をつらにくみ骨《ほね》もとけよと酒《さけ》をむさぼる

（「創作」明治四十三年三月　創刊号）

悪い飲み方の見本のような酒だ。暴飲にも拘わらずまだ健康を保っている肉体を、いじめるように酒をむさぼっている。心がこんなに苦しんでいるのに、体はなんで平気なんだ、とでもいうように。「骨《ほね》もとけよと」には、体を傷めつける意志が感じられる。

牧水は、晩年（といっても四十代）アルコール依存症となり、肝硬変で命を落とす。この恋愛がらみの酷い飲み方が、酒なしではいられない体を作ったことは明らかだ。小枝子はその意味でも、牧水の一生を左右した女性と言えるだろう。

酔《よ》ひはてて小鳥《ことり》のごとく少女等《をとめら》はかろく林檎《りんご》を投《な》げかはすなり
（「創作」明治四十三年三月　創刊号）

のびのびと酒《さけ》の匂《にほ》ひにうちひたり乳《ちち》に手《て》を置《お》きねむれる少女《をとめ》（同）

みさをなきをんなのむれにうちまじりなみだながしてわがうたふ歌《うた》（同）

こちらは、遊女たちとの歌。牧水の遊郭通いについては吉川宏志「牧水と遊郭――女性への視線について――」（「牧水研究」第十五号）が詳しい。右にあげたような歌について吉川は「『みさをなきをんな』と呼んでおり、そこにやや蔑視のようなものも窺われるのだが、全体としては、遊女たちに対する素直な好感が漂っているように思う。」と感想を述べていて、同感だ。「みさをなき」の歌は、初出では「みさをなき女の群《むれ》にうちまじり若き男はかなしみ歌ふ」だった。他人事のような下の句を推敲して、自分自身の情けなさを前面に出している。大好きな酒に対して失礼な飲み方をするのと同様、「小鳥のごとく」また「のびのびと」している少女らに対しても、自分は失礼な在り方をしている、という意識ではないだろうか。

ただ、吉川も言うように「みさをなきをんなのむれ」という表現は、遊女を詠んだものの中でも特に牧水らしくない印象がある。ずっと解せなかったのだが、西村陽吉

（辰五郎）の追悼文に次のようなくだりを見つけて腑に落ちた。明治四十三年の正月頃のことを書いた一節である。

若山君の方は何かラヴ・アッフヱヤアのあとで、盛んに酒に沈湎《ちんめん》してゐる頃であつたらしい。「みさをなき女の群」といふ隠語《アルゴ》が連中の間に云はれてゐた頃で、早稲田の奥の方に、なんでもいまのカフヱのやうな性質の家があり、夜ふけて元、牧水などと、寝静まつた暗い街路を彷徨した記憶があるが、（「創作」昭和三年十二月号）

不用意な表現であることに変わりはないが、「みさをなきをんなのむれ」はこの歌のためのオリジナルの言葉ではなく、仲間内の隠語の流用だったようだ。

海底《うなぞこ》に眼《め》のなき魚《うを》の棲《す》むといふ眼《め》の無《な》き魚《うを》の恋《こひ》しかりけり
（「創作」明治四十三年五月　第三号）

よく知られたこの一首は、『別離』に続く歌集『路上』の巻頭に置かれた。この頃の気持ちを象徴する歌だったのだろう。

光の届かない深海には、目が退化してしまった魚が住んでいるという。そんな知識に接して、反射神経よく反応してできた歌、という印象だ。神秘的なものに憧れて、想像の中で孤独な心を通い合わせている。シンプルな構造と、リフレインの生み出すリズムが心地よく、牧水らしい愛誦性に富む一首である。

この歌については、実作者という立場からも興味と共感を持った。軽やかな思いつきで、ふっとできたような歌、それがとても多くの読者を惹きつけることがある。だが、その「ふっと」に行きつくまでには、かなりのジタバタやぐちゃぐちゃがあり、一瞬の上澄みが歌になった時、思いがけずいい作品が生まれることがある。ちょっとしたきっかけがあってでき、歌が生まれるまでの時間はきわめて短いように見えるけれど、よくよく考えると、その一瞬にいきつくまで、ずいぶん長い時間をくぐりぬけてきたなあ、というようなことが。眼のなき魚の歌は、まさにそのような一首だったのではないかと思う。

明治四十二年二月四日、房州から友人の尾崎久弥にあてた葉書には、次のような一節がある。「目下の僕の悲哀には眼もなければ口もない、手足も無い、」。また、同年三月二十四日の鷲野芳雄あての手紙では「たゞもう海月《くらげ》のごとく海鼠《なまこ》のごとく、じいつとぼんやりしてのみ居るのです、」とも書いている。さらに三月三十日、石井貞子あての長い手紙には「たとへば蒼い海の底にたつた一人ぼつねんと生きて居るやうな『われ』、といつたやうなものが何となく目にみえます、何といふさびしい影でせう」と牧水は綴っていた。

つまり、歌ができる前の年から、なんとなく海の底で、手も足もなく目も見えない自分が、寂しく横たわっているようなイメージを、牧水は自身に持っていた。そこへ、深海魚の知識がポンと入ってきた。なんだって？　今の自分と同じような境遇の魚がいるのか……その素直な驚きが「恋《こひ》しかりけり」というストレートな表現となったのではないだろうか。

「眼の無き魚のかなしかりけり」でもなく「眼の無き魚のさびしかりけり」でもなく「眼の無き魚の恋しかりけり」。そこには強い共感と主観的な思い入れがある。

短歌は短いものなので、正直言って作るのにそう時間のかからないこともある。けれど、着地にいたるまでにくぐり抜けてきた時間の重みと深みは、必ず一首の奥行きに影響を与える。「眼のなき魚」の歌が持つ、孤独な自画像のような哀感。それは、牧水の膨大な苦悩の時間から滲み出たものだったはずだ。

第十一章　わが小枝子

　牧水が編集する文芸誌「創作」の第五号（明治四十三年七月号）は「自選歌号」と銘打ち、十七人の歌人が、写真入りで各々二十三首を掲載している（高村光太郎だけは自画像）。伊藤左千夫や佐佐木信綱が、これをもって「創作」初登場。新作を依頼しづらい大御所も、これまでの作品からの自選ということなら、参加をお願いしやすい。読者としても、ビッグネームの自選集はお得感がある。編集者としての牧水のセンスが感じられる特集だ。

　その牧水自身のページを見て、えっ⁉　と思った。詞書として「（小枝子を歌へる中より）」とあるではないか。自選二十三首は、根本海岸で結ばれたところから始まり、途中「わが妻はつひにうるはし夏立てば白き衣着てやや痩せてけり」などをはさみ、「恋人のうまれしといふ安芸の国の山の夕日を見て海を過ぐ」と恋人は広島生まれであることを言い、終盤は「容れがたし一度びわれを離れたる汝がこころはまた容れがたし」など、直近の恋の歌となっている。

つまり、数年前から詠んできた恋愛の歌は、すべて「小枝子」という女との関係から生まれたのだと、自ら明かしていることになる。どういう心境だろうか。

ちなみに、翌年出版された歌集『路上』には、「小枝子」と名指しした歌が二首収録されている。

わが小枝子《さえこ》思《おも》ひいづればふくみたる酒《さけ》のにほひの寂《さび》しくあるかな
汝《な》が弾《ひ》ける糸のしらべにさそはれてひたおもふなり小枝子《さえこ》がことを

一首目は、雑誌掲載時（「自選歌号」と同じ号）には初句を「わが君を」としていて、歌集に入れるときに「わが小枝子」と改められた。彼女のことを思うと、口にふくんだ酒が寂しく香るという。恋しい気持ちが、酔いとともに全身をめぐってゆくような味わいだ。二首目は、「創作」明治四十三年十一月号に、そのままの形で載っている。

「わが君を」よりも「わが小枝子」のほうが、切迫感はある。「ひたおもふなり汝がことを」よりも、「小枝子がことを」のほうが、生々しさにおいて優っている。ただし、読者と共有できる一般名詞を捨て、自分だけがわかる固有名詞にすることは、共感という点ではリスクがある。「小枝子？　誰それ？」と、読者が引いてしまったら失敗だ。が、この二首については、そうとしか呼べない切実さがあって、珍しい成功例ではないかと思う。「小枝子？　やっぱり実在の恋人だったんだ！」……おびただしい恋の歌の中で、ちらっと固有名詞を出すことは、ノンフィクション的な感じを匂わせ、他の歌の説得力をも増せる。つまり真実味を出す効果が期待できる。

このように歌にとってのメリットは考えられるが、気になるのは、なぜこの時期に固有名詞、小枝子という実名を出したのかということだ。

それは牧水の中で、確実に「終わった」と感じられたから、ではないだろうか。十一月号でまだ「ひたおもふなり小枝子がことを」と、ひたすら思ってはいる。だが、自分の思いとは別の次元で、もうこの恋愛に未来はないだろうと直感したからこそその「小枝子」という表現ではないかと思う。

妙なたとえかもしれないが、今住んでいる場所というのは、あまり人に知られたくない。現在進行形で、そこに暮らしているうちは、すべての事態が流動的だから。私自身、石垣島に住んでいたとき、はじめは「沖縄在住」くらいにしていた。が、今や石垣島の「崎枝」という集落にいましたと、そのコミュニティの素晴らしさを積極的に語っている。引っ越しが決まったとたん安心して、住んでいる街について書いたり語ったりする人は多い。どんなに好きな場所でも、実際に住んで縁が続いているうちは、公にはしたくない心理が働いてしまう。

小枝子との同居や結婚を考えていたころ、牧水は決して名前など出さなかった。事態は流動的で、希望を持っていたから。「小枝子」という固有名詞を出したということは、彼女との恋愛が、ほぼ（失恋という形で）固まり、過去の物語になりつつあるということではないだろうか。だからもう、実名を出しても、怖れることはない。むしろ、本当にあった恋だということを、強調したいくらいの気分だったかもしれない。

「終わった感」を決定づけたのは、やはり小枝子の妊娠・出産だろう。怪しい仲の従弟の庸三が、里子の世話をしたということで、ますます怪しいわけだが、自分にも充分すぎるほど身に覚えはある。しかし、あなたの子だと言うのなら、なぜ一緒に育てるという方向に話が進まないのか。それは、小枝子が既婚者だから。三角関係以前のその問題を、もちろん牧水は知っていただろう。そうでなかったら、納得できる要素が、まったくない。

絶望的な状況のなか、酒色に溺れて荒《すさ》んだ生活をしていたことは、前章で見たとおりである。歌集『別離』も、雑誌「創作」も絶好調だったのに、牧水はとうとう、「創作」の編集を親友の佐藤緑葉に託し、旅に出ることにする。心身ともにボロボロだった。

「創作」の明治四十三年九月号に、「樅《もみ》の木蔭より」という散文を牧水は書いており、その一節で旅のことを宣言している。

色々の境遇上からか今年は秋が来たといふ事が今迄にない恐怖を私に感ぜしむる。この恐ろしい秋に際して私は暫く旅に出てゐたいと思ひ立つた。先づ信州辺から始めて北国畿内中国四国あたりまで行き得れば行つて見度い。同地方の人々でこの貧乏な巡礼に一夜の宿りをかし度いといふ人があつて呉れゝば甚だ幸である。行程の模様其他は東雲堂内佐藤緑葉あてに問合せて頂けばよく解る私は両三日の中に出立する。（八月二十日夜）

呼応するように、同じ号の編集後記で、緑葉は次のように書いた。

本号より若山君に変つて僕が本誌の編輯実務を執る事になつた。若山君は病気其他の事情により当分静養中、専ら短歌の創作其他の筆を執る、

これに加え、短歌欄は牧水の主宰するところであるし、選評はもとより、後進の指導には一層力を入れ、編集部と連携していく云々とも書かれていて、読者への配慮が窺われる。秋が恐ろしいから旅に出る、という謎めいた（やや無責任な印象の）牧水

の言い草を、丁寧にフォローする緑葉は、なかなかバランスのとれた人物のようだ。「病気其他」という、世間が納得できる理由を掲げることも忘れていない。このフォローを見ると、「創作」の勢いは、牧水の手腕と人気によるところが大きかったのだなと思われる。

俳人飯田蛇笏《だこつ》あての八月二十二日付の手紙には、牧水は次のように記した。

わが敬愛する友よ、君にあて、筆をとることは僕に取つて全く少からぬ喜びである、慰めである、(中略)僕は先日限り雑誌「創作」の編輯をよした、そして他から追はれ、自分から追はれ誘はれて兼ての希望の一であつた行脚の途に上る、少くとも三四ケ月は帰つて来ないつもりだ、(中略)僕の病気はほゞいゝが、まだわるい、

蛇笏は、牧水とは早稲田で知り合い、「創作」にも請われて俳句作品を寄せていた。このまま東京にいては、何もいいことはない。現実逃避であり、自分救済といった趣の旅である。大悟法利雄『若山牧水新研究』によると、およその行程は、まず山梨県の蛇笏のところに十日ほどいて、長野に入り、小諸で門下の岩崎樫郎に迎えられた。岩崎が勤める田村病院の二階の一室に、牧水は二か月余り滞在する。浅間山麓の

秋景色がよかったことや、若い歌人グループに歓迎されたことなど、長期滞在にはいくつかの理由があったが、病気のことも大きかったようだ。以下、同書から引用する。

彼はすっかり健康を害していて治療を受ける必要があったのである。その頃の病気について私はある時牧水の口からある程度詳しくきいたことがあるが、要するに前記の「乱酔」の頃からのもので、寝込んでしまっていたわけではなく、（中略）治療を受けて静養していたのである。

弟子の口からは、婉曲にしか言えないという感じがありありだが、つまり性病だろう。緑葉の言う「病気其他」は、ただの口実ではなかったのだ。牧水、踏んだり蹴ったりである。

蛇笏には以前から打ち明けていたようで、同じ年の七月二十九日付の手紙にも、生々しいくだりがある。なんとなく吉原界隈へ足を運んでしまった牧水が、呼びこみに手をとられ、ずるずると廓《くるわ》に上がってしまう。「そしてちつちやいお玉じやくし見たいな女が僕の傍に来て座つた、本当にちつちやい可愛らしい女であつた、（中略）ソレ、僕はまだ病気だらう、しかも君のゐたころよりよほどわるくなつてゐるのだ、彼女は驚いた、驚く筈だ、僕は繃帯を取らずにゐたのだから。」

結局、遊女とは故郷の話などをして別れるのだが、続くくだりに「下らない挿話で、少しあてられたでせう、(中略)この近づいた秋を語るに最もい、話題であると感じたから、大相らしく書いたのです、」とある。秋に治療がてら旅をしたいということの伏線のようにも読める。思いはすでに兆していたのだろう。

治療と静養をする一方、千曲川や浅間山麓など、小諸の自然は牧水の心をとらえたようで、しみじみとした佳作が「創作」十月号に発表された。「旅愁記その一」と題された十六首から見てみよう。

かたはらに秋ぐさの花かたるらく亡びしものはなつかしきかな
白玉《しらたま》の歯《は》にしみとほる秋の夜の酒はしづかに飲むべかりけれ
小諸なる医師《くすし》の家の二階より見たる浅間の姿《なり》のさびしさ

一首目。歌意としては、散歩してちょいと寝ころんでみると、秋草が耳元で語ることには「滅んでしまったものは懐かしいねえ」……といったところ。実際に草が話すはずはなく、自然と一体化した牧水が、彼自身の心の声を、秋草を通して聞いたということだろう。

「亡びしもの」は、読む人によって、さまざまに受け取ることができる。国や時代といった大きなものから、気がつけば失われていた日常まで。過去を愛惜するすべての人の心に寄り添うことができるのが、一首の魅力である。

が、詠んだ牧水自身にとっての「亡びしもの」は、小枝子との恋愛以外には考えられない。ここにも「終わった感」が、よく出ている。こんなにも苦しめられた恋愛なのに、振り返ってみれば「なつかしきかな」という感慨が湧いてくるという。結果がどうであれ、小枝子との時間は、やはり人生の宝物だったのだ。

この歌は、牧水作品の中でも知られた一首となり、小諸の懐古園の中に歌碑がある。城あとの石垣に直接刻まれるという珍しいスタイルだ。優しい調べと、甘美な追憶が相まって、多くの人に愛誦されている。

白玉の一首も、非常に有名な歌で、酒の歌人牧水の代表作だ。結句は、後に「べかりけり」と改作された。こちらを知る人も多いだろう。白玉は、白いものにかかる枕詞。しみじみと、じっくりと、心ゆくまで酒を味わう牧水。こんなふうに静かに楽しんでこその酒だ、という思いがあふれている。そうでない飲み方をしてきたからこそ、の感慨でもあるだろう。体をわざと傷めつけるような乱酔の日々。旅に出る前の東京でのことが、対比的に頭のなかにはあったはずだ。酒とは、こう飲むべきものだなあという結句から、それが感じられる。

ただ単純に、酒好きの酒飲みが秋の夜長にちびちびやっただけでは、名歌は生まれない。この一杯にたどりつくまでの葛藤と苦しみが、目に見えないところで歌を下支えしているのである。

三首目の浅間の歌は、滞在していた部屋からの眺め。浅間山が寂しいのではない。見ている牧水が、寂しいのだ。

翌十一月号の「創作」にも、作品は十六首発表された。自然の中を散策し、秋を感じる歌が多いなか、やはり心を占めるのは小枝子のことのようである。

われになほこの美《うるは》しき恋人《こひびと》のあるといふことが哀《かな》しかりけり
汝《な》が弾ける糸のしらべにさそはれてひたおもふなり小枝子《さえこ》がことを

展望の望めない恋ではあるが、里子に出した子どものこともあるし、完全に縁が切れているわけではない。第一、心が忘れきれていない。遠く離れても浮かんでくるのは、彼女の美しさなのだった。なお美しい恋人として存在し続けていることが哀しいと、牧水は詠む。

二首目は、誰かが三味線か琴を弾いている場面だろうか。その調べに誘われるように、ひたすら思われるのは「小枝子がこと」。会えば揉め事もあっただろうが、離れてしまうと、いいところや良き思い出ばかりが浮かんでくるのは、人の心の常だろう。

「創作」十二月号には、「秋の雪と落葉」と題する三十二首が発表されている。

はつとしてわれに返れば満目《まんもく》の冬草山《ふゆくさやま》をわが歩み居り

見渡すかぎりの冬枯れの山。はっと我に返ると、そこを歩いていたという。目には映っていても、何も見えていない状態だ。心ここにあらず。十月十三日に、小諸から歌人太田水穂にあてた手紙には、次のような一節がある。「今度の旅行は初めから一切がみな真つくらで、私の心はつねに眼を瞑つてゐます、山を見ましても河を見ましても、今までの様な鮮かな感じなどは少しも起りません、みんな暗い圧迫を覚えます、まるで石ころが一つ茲《ここ》に斯うして転がつてゐるのだとしか思へません、」。こういう状態で野山を歩き、時おり我に返っていたのだろう。この手紙は、太田水穂への返信で、「まつたく勿体ないと思ひました、お言葉に対しても私は何とかしなくてはならぬと感じます、」「私の歌のことを云つて頂くのを、実にくるしく聴きました、」「私の身体は先づ達者です、」などの文言から察するに、水穂は牧水の体や作品について、心配して親身な手紙を寄こしたのだろう。実は彼は、後の牧水の結婚に関しても、キーパーソンとなる。

あはれなる女ひとりが住むゆゑにこの東京のさびしきことかな（以下帰京して）

一連の最後は、この歌を筆頭に、東京へ戻った歌が八首並んでいる。出発前には「先づ信州辺から始めて北国畿内中国四国あたりまで行き得れば行つて見度い。」と書いていた牧水が、なぜ急に旅を切り上げたのか。

その衝撃のいきさつを、大悟法利雄『若山牧水新研究』に教えてもらおう。小枝子が突然牧水を訪ねてきて、駅前の宿屋に泊ったというのだ。

私はこの時のことをある程度知っている牧水門下の宮坂古梁からきいてその案内でその駅前の旅館を見に行ったことがある。それは戦前のことで、今はもうその旅館はなくなっているが、いかにも山国の古い宿場町にふさわしい、奥深い、暗いわびしい旅籠《はたごや》屋で、私は衰えはてた牧水とやつれた蒼白い顔の小枝子とがどこかそこらの一室に向いあっているかのように感じたことを覚えている。（中略）この時の小枝子の突然の訪問は、千葉の方に里子に出してある子供のことや彼女のこれからの生活のことなどについての相談が主だったのだろうと思われる。（中略）とにかく、この小枝子の訪問によって牧水の心は乱された。そしてそれが原因で、一応旅をうち切って十一月十六日夜東京に帰り、翌朝早く月島西仲通りの佐藤緑葉を驚かした。

牧水は六月の中旬にも、疲れきった体を癒すため、山梨の温泉に出かけている。歌集『別離』の売れ行きがよく、版元からお金が入ったからだ。確かに、牧水の側に立つと、心身疲弊しきっているのはわかる。が、小枝子のほうからすれば「そんなお金があるくらいなら」と思ったとしても、おかしくはない。そこにきて、また、この旅である。

「ふざけるな！」と思ったかどうかはわからないが、そこそこ羽振りがよくなったのならば、考えてほしいという気持ちはあっただろう。それにしても、手紙などではなく、いきなりの訪問というのは迫力がある。そうでもしないと、事態は動かないと思ったのだろうか。

「あはれなる女」という表現からは、小枝子が窮状を訴えたことが窺われる。そんな女が一人住んでいると思うだけで、東京という町が、まことに寂しい場所に思えてくる、という歌だ。女の存在の重さが、しみじみ伝わってくる。

小諸まで来るには、旅費も宿泊費もかかる。もしかしたら異父兄のさしがね、かもしれない。小枝子は文学にはほとんど関心がなかったようだが、異父兄あたりが『別離』の成功を知ったという可能性はある。

といっても、牧水の懐具合とて知れたもの。旅に出るにあたって、「創作」で泊めてくれる人を募っていたくらいだ。ただ、養育費のことを、大悟法がたびたび書いているところをみると、それなりに請求されることがあったのだろう。「あはれなる女」の歌に続く作品には、親友緑葉の家に転がりこんだ様子が描かれている。

人知れず旅よりかへりわが友のめうとの家にねむる秋の夜
友が子のゆふべさびしき泣顔《なきがほ》にならびてものをおもふ家かな
友のごとく日ごと疲れてかへり来むわが家といふが恋しくなりけり

人知れず旅から帰り、友人夫婦の家に眠る秋の夜。その家の子どもがぐずったのだろうか。泣顔に並んで、牧水もあれこれとものを思う。それにしても、友のように妻と子の待つ我が家へ疲れて帰るという暮らし、いいなあ。……三首まとめて読むと、平和で平凡な家庭を持っている緑葉への羨ましさが、ひしひしと伝わってくる。突然やっかいになった家には、生活感がたっぷり溢れていたことだろう。そういえば緑葉の新婚当初の家は、牧水が小枝子との暮らしを夢見て借りた家だった。何の障害もなく、あのとき小枝子と結婚できていれば、自分もこんな暮らしをしていただろうか。そんな思いが去来しているように見える。

眼のまへのたばこの煙《けむ》の消ゆるときまたかなしみは続かむとする

一連は、こんな一首で終わっている。眼前の煙草の煙は、すーっと消えてゆく。そんなふうに悲しみも消えてくれればいいのだけれど。消える煙とは対照的に、悲しみはまた続いていくのだった。

同じ「創作」十二月号の編集後記には、緑葉が次のように記している。

十一月十七日の朝、まだ長く旅にある筈の若山牧水氏が突然帰京して予の家を驚かした。久しい間浅間の麓に居つただけあつて、其風采に何となく剛健（?）な風が見えた。併し今度の帰京は一身上の用事があつた為なので、滞京一二週の後再び信越方面へ向つて発足せられる筈である。

まさに、緑葉の家に転がりこんだという感じだ。「再び……発足」とあり、牧水もそのつもりだったようだが、結局はかなわなかった。翌月に出た「創作」明治四十四年一月号には、珍しくお金にまつわる歌がある。

売り棄てし銀の時計をおもひ出づ木がらし赤く照りかへす部屋

ゆふまぐれ袂さぐれば先づこよひ浄瑠璃をきく銭《ぜに》は残れり

売り払ってしまった銀の時計。浄瑠璃に行けるくらいのお金。軽い日常のスケッチだが、お金のことが、ふとした時に心を過ぎっていたのだなあと思わせられる。小枝子に呼び戻された牧水は、親戚の代表格である異父兄の田坂静夫と会わねばならなかったと大悟法『若山牧水新研究』は書く。お金の話以外には、ありえないだろう。緑葉の家の次は、また別の友人宅に世話になり、十二月十九日には親友平賀（鈴木）財蔵あてに、SOSともとれる手紙を、牧水は出している。同書によると、「まことに悲惨で、こんな状態では、千葉の里親に養育費を送ることなど思いもよらず、そのことで小枝子や庸三などとの間にもトラブルが起っていた。」という。

すでに十二月二日にも、牧水は財蔵あてに葉書を出していた。差出の住所は「福永方」となっていて、友人の福永挽歌のところにいたことがわかる。

去月の中ごろ帰京した、それも人にかくれてのそれなので、友人の家をあちこちと泊り歩いてゐる、とう〳〵斯ういふ日を送るやうになつたかと思ふと一種の落着いた寂しい微笑を漏さゞるを得ない、自分も落ちるところまで落ちたという自虐的な文面だ。これ以上悪い状況などなさそうだが、その十七日後、さらなるSOSを財蔵あてに送る牧水だった。これが大悟法の言う悲惨な状態、である。長い引用になるが、窮状がよくわかるので、抜粋しながら読んでみよう。

拝啓（驚かないやうにして、読んで呉給へ）。

君にお願ひがあるのだ、僕も今度といふ今度は実に弱り切つて、どうにも斯うにもやり切れなくなつてゐる、実は数日前に東京を逃げ出して大島の方へ行く筈でゐたのだ、所が例の病気が昨今の寒さで激しくなつて、大島はおろか、歩行さへ困難な状態に陥つて来た、それも医者にかゝれる余裕はないし、売薬でごまかしてゐるのだが、下手をすると目下少々危険な状態に臨んでゐることが思はれてならぬ、で、苦しいところを我慢して医者へかゝりたいと思ひ出した、それには君の近くの羽太病院とかいふのが、よくはないかと友人もいふし自分でも兼ねてからそう思つてゐた、そこで君にお願ひするのだが、来月の初めごろまで君の下宿に僕を置いて貰へまいか、病気のために頭がすつかりわるくなつて何も書けないから金の這入りやうがないので、医者に通ふのが困難なのだから、下宿料はとても払つて行くことが出来まいと思はるゝのだ、（中略）

> 此家でも友人の厄介になつてゐるので、友人の苦しむのをそう永く見てゐるのも辛いし、羽太に行くとすれば電車、歩行ともに駄目なので、それも困る、（中略）痛むものだから、頭までいら〳〵してね、落着いて物をいふことも出来ぬ、

寒さで性病が悪化し、歩行困難とは。由々しき事態である。「下手をすると目下少々危険な状態」とまで書いていて、牧水の不安が伝わってくる。文中に出てくる「羽太」という苗字が珍しいので調べてみると、大正期の性欲学ブームの一翼を担った羽太鋭治《はぶとえいじ》ではないかと思われる。

明治三十三年に医術開業試験（医師の開業試験）に合格し、故郷山形で開業するがのち上京し文筆活動をしながら医学研究を行い、明治四十五年から約一年半ドイツに留学、帰国後東京で開業し治療に従事する傍ら、ドイツで購入した性科学文献を基に、性に関する通俗科学的な著作を多数出版、大正中期の「性」の流行をもたらした人物だ（『近代日本のセクシュアリティ3〈性〉をめぐる言説の変遷』平成十八年・ゆまに書房）。上京してから留学するまでの時期が、ちょうど牧水の病状悪化の時期と重なっている。帰国してから開業した医院については、その著作の後ろに「著者は左記疾患の診療を以て職業とす。▲男子泌尿生殖器病科　腎臓、睾丸、膀胱、尿道外科的疾患、特に慢性淋疾、梅毒、生殖機能障害」とある（『性慾と近代思潮』大正九年・実業之日本社）。

羽太が気になったもう一つの理由は、手紙ではたった一行程度の記述なのに、大悟法がわざわざ著作の中で「（中略）」として、この部分を割愛していたのが不自然に感じられたからだ。明治三十一年生まれの大悟法は、大正期に青春時代を送っている。羽太の名前には、現在の私たちとは比べものにならないほど、生々しい性の匂いを感じたことだろう。牧水が性病であったことさえ婉曲に書いている弟子の、ちょっとした心遣いのように見えて興味深い。

それにしても、十二月二日付の葉書には「去月の中ごろ帰京した、それも人にかくれてのそれ」とあり、十二月十九日付の長い手紙には「実は数日前に東京を逃げ出して大島の方へ行く筈でゐた」とあり、この年の大晦日《おおみそか》に西村辰五郎にあてた葉書には「二三日前から表記のところへかくれてゐます、」とも書かれている。要はこの時期の牧水は、逃げたり隠れたりせねばならなかった。誰から？　何から？　これまでの流れからするに、小枝子の異父兄から、強く養育費を迫られていたのだろう。

そしてようやく、年明けの明治四十四年一月十七日、牧水は居場所を定めた。そこは印刷所の二階、新しい「創作」の編集場所でもあった。平賀（鈴木）財蔵あての、その日の葉書が残っている。

本日表記へ宿をきめた、二月から創作をやることになつた、（中略）印刷屋、濠ぶちの妙な二階をかりてゐる。

表記の宿とは「麴町区飯田河岸三十一号日英舎内」。「創作」二月号では、さっそくこの新居での暮らしが詠まれている。

暗く重きこころをまたもたづさへて見知らぬ街に巣をうつすかな
移り来て窓をひらけば三階のしたの古濠舟《ふるぼり》ゆきかよふ
移り来て見なれぬ街路《まち》の床屋よりいづるゆふべのくびのつめたさ

一首目は、暗澹《あんたん》たる気分のままの引っ越しであったことをよく伝えている。「巣」という表現が、侘しい。二首目は、「濠ぶちの妙な二階」を詠んだもので、表から見ると二階なのだが濠に面したほうは三階という構造だったようだ。三首目の「くびのつめたさ」は、床屋を出たときのヒヤッとした感じが、よく伝わってくる。散髪をしたからというのもあるし、同時に心が感じる冷たさを象徴しているようにも見える。

同じ一連に、一人寝を詠んだものも散見する。逃げ隠れしている身で、さすがに東京で小枝子に会うことはできなかったようだ。小枝子の方がこっそり来るということもない。つまり彼女が突然信州に来たのは、どうしても会いたくて、などというロマンチックな理由によるものではなかったということがわかる。

灯のともる雪のふる夜のひとり寝の枕がみこそなまめかしけれ
濠のはた独りをとこがねる家ぞこころして漕《こ》げした通《かよ》ふ舟《ふね》
草の葉のにほひなるらむいらいらとをんなこひしくなりゆけるとき

一首目の「枕がみ」は、枕元とほぼ同意だが、夢の中で誰かが会いにきたときに「枕がみに立つ」の用法で使われることが多い。「なまめかしけれ」であるから、枕がみに立つのは、どうしたって小枝子だろう。

二首目は、濠を行き交う舟の漕ぎ手に語りかけている。ここにこんなに寂しい男が一人で寝ているぞと。しっかり漕げよと。脈絡はなく、ほとんど独り言だ。うらぶれた光景とともに、理屈抜きの孤独感が伝わってくる。

三首目は、性欲というものを、まことに的確にとらえた表現だ。上の句はやや難解だが、自分自身が今、草の葉の匂いを発しているというふうに私は理解した。あらがいがたく、体の奥深くから湧いてくる命への本能。青臭く匂う自分。最低なみじめな状況でもなお……。「いらいらと」はそんな気持ちを受けつつ、断ち切れない女への欲求を捉えた言葉ではないだろうか。

この新しい「巣」に住まいを定めた約二か月後、小枝子と牧水の別れは、決定的なものとなる。

第十二章　若き日をささげ尽くして

明治三十九年の夏の出会いから、およそ五年。初めての恋愛にしては複雑すぎた小枝子との関係が、ようやく終わろうとしていた。明治四十四年三月十四日付の、平賀（鈴木）財蔵あての手紙に、牧水は綴った。

五年来のをんなの一件も、とう〳〵かたがつくことになつた、連れられて郷里へ帰るのだ相だ、それがお互ひの幸福には相違ないがね、いざとなると、矢張り頭がぐら〳〵する。何ひとつ手につかないから、飲んでばかり居る。

小枝子は、東京を離れて故郷へ帰ることになった。だらだら続いていた紙飛行機の螺旋飛行も、ついに着地する。「連れられて」という受け身の表現からは、彼女の意志ではないことが匂う。それが、せめてもの救いだろうか。

当時の牧水の飲み方は尋常ではなかったようで、たとえばこの手紙の冒頭は、次のようなエピソードから始まっている。

昨夜は特別へゞレケに酔つぱらつて、本郷のどこだか知らないが路傍に二時間ほども睡つてゐた所を巡査に見つけられて、君の門口まで連れて行つて貰つたのであつた、とめて貰ふつもりで。

これだけでも相当なものだが、結局平賀宅には泊まっていない。

それからまたひよろりひよろりと歩いて帰りかけて、また水道橋でお巡りさんにつかまり、その世話で近所の宿屋を起して、泊つて来た、二時半だつた相だ。悲哀だよ。

おまわりさん、二人とも親切でよかった。おそらく、放っておいたら危ないというほどの泥酔状態だったのだろう。

「創作」明治四十四年三月号に、すでに次のような歌が並んでいて、恋の終わりが実感される。「啼かぬ鳥」と題された一連は六十六首の大作だ。

多摩川の砂にたんぽぽ咲くころはわれにもおもふ人のあれかし
山のかげ水見てあればさびしさがわれの身となりゆく水となり
をりをりの夜《よる》のわが身にしのび入りさびしきことを見する夢かな

前半から三首ひいた。一首目では、春になってたんぽぽが咲く頃には、自分にも思う人がいてくれ、という。一見前向きな感じもするが、何よりも、今は「おもふ人」がいないという寂しさが前提だ。「あれかし（あってくれよな）」という念押しの表現には、たぶん無理……という弱気が貼りついている。

二首目は、ちょっと不思議な感覚である。山陰に流れる水を見ていると、寂しさが自分の体となり、また流れる水ともなってゆく……。自分が寂しいのではなく、水が寂しそうなのでもない。まるで寂しさというものが、人間や自然を乗り物として、次々と乗りこなしてゆくような言い方だ。「さびし」は、牧水のよく使う語だが、この歌の寂しさは、ひりひりと実感されるものではない。何かよそよそしく、軽やかに自分を通り過ぎるようなものになっている。寂しささえ、よそよそしいとは。生きている実感の希薄さが印象に残る。

三首目も同様に、普通の感覚ではない。折にふれて寂しい夢を見る、というのとは違う。夢というものが、勝手に自分の中に忍びこんできて寂しいものを見せる、と言っている。寂しく感じる主体としての自分がいない。自分は空っぽのスクリーンで、夜な夜な夢が、そこに寂しいストーリーを映し出しているような感覚である。

恋愛において「寂しい」というのは、会いたい相手がいて、会えないからこそ生まれる感情だ。だが、この時の牧水と小枝子は、すでに会いたいとか会えないとかの次元ではなくなってしまった。もう寂しいとさえ主体的に思えない状況なのだ。「さびし」と素直に言いきることへの違和感が、このような形で詠まれたのではないだろうか。空っぽの自分を、外から眺めているようでもある。

大作の最後のほうには、この恋愛を総括する歌が並んでいる。

若き日をささげ尽くして嘆きしはこのありなしの恋なりしかな
秋《あき》に入る空《そら》をほたるのゆくごとくさびしやひとの忘られぬかな
はじめより苦しきことに尽きたりし恋もいつしか終らむとする
五年《いつとせ》にあまるわれらがかたらひのなかの幾日をよろこびとせむ
一日《ひとひ》だにひとつ家にはえも住まず得忘れもせず心くさりぬ

なんと苦い総括だろう。一首目、青春を捧げ尽くしたとまで言いきる牧水。しかしその対象は、結局実体があったのかさえ覚束《おぼつか》ない恋愛だった。

二首目は、前半とは違って主体的な「さびし」で、この期に及んでまだ忘れられないと正直に吐露している。とはいえその寂しさは、秋になってもまだ飛んでいる蛍のよう。恋の季節は終わったというのに。か弱く光る未練の心が痛々しい。

思えば始めから、苦しいことばかりだった。有頂天になっていられたのは、根本海岸で過ごした日々くらいだろうか。いや、その時でさえ庸三の影はあったし、小枝子は不可解な浮かない表情を見せ、牧水を戸惑わせていた。三首目は、その記憶から紡がれた歌だろう。結局最初から最後まで、ずっと苦しい恋だった。

さらに四首目は突っ込む。いったいこの五年間の自分たちの語らいの中で、何日ほどが喜びに満ちたものだっただろうか、と。裏返せば、五年間の中で、ほんの数日しか心が充足していなかったことになる。大げさでなく、それが実感なのだろう。

小枝子との暮らしを夢見て、ばあやを雇って家まで借りた牧水。あれは、いつの年の暮れだっただろうか。たった一日さえ一つ屋根の下に暮らすことは、できなかった。こんなみじめな恋なのに、やっぱり忘れることができず、心は腐りきってしまったと嘆く。

そして、一連を締めくくるのは、次の二首だ。

わがために光《ひかり》ほろびしあはれなるいのちをおもふ日の来ずもがな
ほそほそと萌えいでて花ももたざりきこのひともとの名も知らぬ草

自分のために光を失ってしまったような、そんな哀れな命のことを、思う日が来なければいいが……。これは、里子に出した子どものことを、婉曲に詠んだものではないだろうか。養育費催促の中で、このままでは命が危ないというような脅しがあって、そんなことがなければよいが、という歌かと思う。

里子に関して、四月十日の平賀あての手紙で、牧水は次のように書いている。「例の千葉の方から昨日と今日二度電報が来て、子供が死んだと言つて来た、勿論送金遅延催促の一手段にすぎまいが」。これが私の解釈の根拠なのだが、残念ながら、大悟法利雄の著作からの孫引きである。この手紙は、二種類出ている牧水の全集には収録されていない。最初の全集の編集に携わった大悟法と牧水夫人喜志子《きしこ》が、配慮して載せなかったのかもしれない。関係者がすべて亡くなった後の昭和五十一年の論文「牧水の恋人小枝子を追って」で、大悟法が初公開している。また同論文では次のように も記す。「私は当時の関係者たちを探してその子供のことを調べてみたし、小枝子の従弟庸三にもきいてみたが、その時死んだということは確かなようである。」つまり、そんなことがなければよいが……と詠んだ牧水の言葉は、不幸にも現実のものとなってしまった。

ラストの一首は象徴的だ。か細く萌え出でて、結局花をつけることのなかった一本の名もなき草。一つ前の歌を受けて、子どものことを詠んだものともとれる。あるいは、小枝子との恋愛こそが、花を咲かせることも実を結ぶこともなかった無名の草に、象徴されていると読むこともできる。一連の締めくくりとしては、後者のほうが収まりがいいかもしれない。

翌月の「創作」四月号では、「あをき石」と題した二十六首が発表されているが、冒頭の五首すべてに砒素が出てきて、不穏だ。

かなしくもいのちの暗さきはまらばみづから死なむ砒素《ひそ》をわが持つ
青海《あをうみ》のひびくに似たるなつかしさわが眼《め》の前《まへ》の砒素に集《あつま》る
一《ひと》つぶの雪にかも似む毒薬《どくやく》の砒素ぞ掌《て》に在りあめつちの隅《すみ》
なとがめそ腐《くさ》るいのちを恐ろしみなつかしくこそ砒素をわが持て
死《し》にて後《のち》さむく冷ゆれど顔のさま変らずといふ砒素はなつかし

一首目の「わが持つ」や三首目の「掌に在り」、四首目の「わが持て」などからもわかるように、「砒素を持っていること」に重点を置いた歌たちとなっている。死をまったく考えていないわけではないが、持っていることによる「いつでも死ねる」という安心感。それが、逆に救いとなっていたのではないだろうか。青い海の響きや一粒の雪など、ロマンチックな比喩からも、そのことが窺える。

一連の中では、「死」よりも「生きていることへの違和感」を詠んだものが印象に残る。

　わが部屋にわれの居ること木《き》の枝《えだ》に魚の棲むよりうらさびしけれ

　わだつみの底《そこ》にあを石ゆるるよりさびしからずやわれの寝覚《ねざめ》は

「木の枝に魚の棲む」とは一種の奇想だが、自分が自分の部屋にいるという当たり前のことが、それよりもっと奇異に感じられてしまうと言う。魚が木の枝に棲むというあり得ないこと以上に、自分の存在はあり得なく、寂しいものなのだ。

二首目は、海底の誰にも知られない石よりも寂しい寝覚めを詠む。眠りに入る時ではなく、一日の始まりにして、この寂しさ。小枝子を感じることさえできない日常の、重い喪失感が伝わってくる。

そして一連の最後の六首は、故郷と母を思う歌となっている。この章の冒頭で紹介した三月十四日付の平賀財蔵あての手紙にも、故郷のことが書かれていた。まず、そちらを見てみよう。

何だか珍らしくくにに帰りたい。先日中からたび／＼母が危篤だから帰れとの電報が来てゐるのであるが、これでどうして帰られやう、今度帰らねば一生一切の縁を切ると、親類からの手紙も来た、帰らうにも帰られないからねえ、実にせつない。

姉夫婦に援助をしてもらい大学まで出た長男が、ろくな就職もせずに一体東京で何をしているのか。親や親戚からすれば、もっともな怒りである。牧水の恋愛や病気や経済的窮状など、故郷の人たちは知るべくもない。

ふるさとの美美津《みみつ》の川《かは》のみなかみにさびしく母の病みたまふらむ
さくら早や背戸《せど》の山辺に散りゆきしかの納戸《なんど》にや臥したまふらむ
病む母よかわりはてたる汝《なれ》が児《こ》を枕にちかく見むと思ふな

牧水というペンネームの「牧」は、母の名の「マキ」からつけたほど、牧水は母親のことが好きだった。故郷の川や桜の散った山を思い浮かべながら、病気の母を心配する牧水。だが、衰え果てた今の自分を見せるわけにはいかないとも歌う。

病む母のまくらにつどひ泣きかこち姉もいかにかわれを恨まむ

怒り心頭なのは、姉である。これは今に始まったことではなく、たとえば明治四十二年九月二十八日付の長姉・河野すゑあての手紙を読むと、よくわかる。まだ『別離』はおろか『独り歌へる』も出ていないころで、新雑誌の計画も頓挫《とんざ》、小枝子との恋愛は泥沼化していた。友人や女性にあてた手紙とは一味違う、ムキになりつつ甘えている牧水が垣間見えて興味深い手紙だ。差出人の名前も、本名の「繁」となっている。やや長くなるが、繁の言い分を聞いてみよう。

たいへんなおしかりをうけましてまことに於それいりました、父母のことについて、私もどうしたいこう(か)したいと思はないことはないのですけれど、目下《いま》のところどうにも私のちからに出来《でき》ませんから、こゝろならずもしつれいして居るのです、それがため心《こころ》がとがめて手紙《てがみ》さへよう出《だ》さずに居るのです、国《くに》にかへつて月給《げっきゅう》とりになれとのことですけれど、国にかへつたところで、私のする仕事《しごと》はひとつもないではありませんか、あればいつでもかへります、おことばによりますと、いかにも私ひとりでこちらでぜいたくにくらしてゞも居るやうに考《かんが》へてゐらつしやるやうですけれど、昨年学校《さくねんがっこう》を出て以来《このかた》いろ〳〵死《し》ぬやうな目《め》にも出逢つて一日も早《はや》く身《み》を立てやうとあせつたゝめ仕事《しごと》はみな失敗《しっぱい》しますし、身体《からだ》をばさん〴〵にぶちこわしてしまい（ひ）ましたし、たゞ今ではもう実《じつ》にみじめなくるしい朝夕《あさゆふ》を送《おく》つて居るのです、

然《しか》しとにかく尽《つく》すべきところをつくすことのできないのは私がわるいのですから、

どんなに口《くち》ぎたなく罵《ののし》られても御返事《ごへんじ》することもありません、

ひらがなが多く、漢字にルビをつけるなどしているのは、姉への気遣いだろう。それにしても、そうとうハードなバトルがあったようだ。同じ手紙で、近いうちに毎月いくらかでも送金するとか、いっそ父母を東京に呼び寄せてこちらで親孝行をするとか、大見得を切ってはいる。そのうえで、「世《よ》の中《なか》のことがさう思《おも》ふやうに行《ゆ》けば、何《なに》も苦労《くらう》も心配《しんぱい》もいりますまい、あなたはそんなことに出逢《であ》つたことはありませんか」と、繁は開き直るのだった。この手紙を出してから、なすすべもなくさらに一年半が経過しているのだから「一生一切の縁を切る」とまで言われても仕方がないかもしれない。

病む母を眼《め》とぢおもへばかたはらのゆふべの膳に酒の匂へる
病む母をなぐさめかねつあけくれの庭や掃くらむふるさとの父

最後の二首、情景がリアルに浮かんでくる。故郷で病に伏せっている母を思い浮かべようと目を閉じる。すると、傍にあるお膳の酒が匂うという。遠くへ思いを飛ばそうとするのに、現実に引き戻されるような感覚だ。目を閉じても消えない「匂い」が、うまく使われている。二首目では、自分の不甲斐なさに加え、故郷の父も困っていることだろうと思いやる。朝夕の庭掃除などをしているだろうか……なんとも寂しげな父の姿である。

「創作」五月号にも、牧水は二十六首の歌を発表しているが、後半の十三首に「(以下稲毛の海辺にて)」という詞書がついていて、目をひく。稲毛といえば、小枝子の産んだ子どもが里子に出されたところではないか。主な歌を読んでみよう。

河を見にひとり来て立つ木のかげにほのかに昼《ひる》を啼く蛙あり(以下稲毛の海辺にて)
いつのまに摘みし菜たねぞゆびさきに黄なるひともと持てる物思《ものも》ひ
眼とづるはさびしきくせぞおほぞらに雲雀啼く日に草につくばひ

根のかたにちさく座れば老松の幹よりおもく風の降《お》り来《く》る
海光る松の木《こ》の間《ま》の白砂《しらすな》をあゆむもさびし座らむも憂し
かなしさに閉ぢしまぶたの瞼毛《まつげ》にも来てやどりたる松の風かな
耐へがたくまなこ閉づればわが暗きこころ梢《こずゑ》に松風となる
眼《め》も開《あ》かず砂につくばひ夕風《ゆふかぜ》の松の木の間にわがひとり居る

小さな蛙の声が、かえって周囲の静寂を際立たせる一首目。ぽつんと一人、川辺の木陰に立つ姿が寂しい。

ふと気づくと黄色い菜の花を手にしていた。二首目は、いつのまに摘んだのかわからないほど、ぼんやりと物思いにふけっている。

その後も、眼を閉じて草にしゃがみこんだり、老松の根っこに小さく座ったり、砂浜を「歩いても寂しい、座っても辛い」という状態だ。「かなしさに閉ぢしまぶた」と言い、また「耐へがたくまなこ閉づれば」とも言い、ひたすら眼を閉じて、じっと何かに耐えているような歌が続く。結局、夕方まで海辺にいたことが、最後の歌でわかる。ここでも眼は閉じられ、砂浜にしゃがみこんでいる。

暗く物思いに沈む一連。稲毛という場所を考えあわせると、なぜこんなことになってしまったのかという無念のようなものが伝わってくる。

しら砂にかほをうづめてわれいのるかなしさに身をやぶるまじいぞ
かくばかりきよきこころぞあざむくになにの難《かた》さと笑《ゑ》みて為《し》にけむ
このこころ慰むべくばあめつちにまたなにものの代《か》ふるあらむや

そして一連は、こんな三首で終わっている。それまでとは、やや違ったトーンだ。白砂に顔を埋めて祈る。悲しさのために心や体を損なうことはするまいと。悲しさを抱えつつも、気持ちを強く持とうとしていることが感じられる一首目。

次は、小枝子への恨み節だろう。こんなに清らかな自分の心。騙すなんて簡単なこと、と、笑いながら欺いたんだろう……。子どものことについて、100%ではないにしても、どこかで欺かれているという実感があったようだ。

そして、心が慰んで快復したら、この世界に何か代わりとなるものが、また現れるだろうかと、最後に期待して終わっている。

恋愛に関しては、赤裸々と言えるほど歌に心を晒《さら》してきた牧水だが、子どもについては、さすがに直接的な表現は避けている。この一連も「以下稲毛の海辺にて」という詞書が無ければ、もっぱら鬱々とした心を抱えた小トリップという印象だ。具体的な原因は隠され、結果としての悲しみだけが詠まれている。

ただ、ここに一本の補助線を引いてみると、全体がよりクリアに見えてくる。その補助線とは「四月に亡くなったという里子の葬式に出た帰りなのでは」という推測だ。

昭和三年の「創作」十二月号（牧水追悼号）に寄せられた平賀春郊（鈴木財蔵）の「思ひいづることども」という追悼文に、次のようなくだりがある。

　水底に眼の無き魚のすむといふとか命の暗さはまらばなどと歌つた頃の君の生活は実にむごたらしいものであつた。そこに持つて来て君には捌きのつきさうもない問題なども続発して散々に君を苦めぬいたものだつた。三味線太鼓で飯田河岸を乗出して行く花見船を眺めながら君が山本鼎氏の借著でI海岸に出かけて行つた後姿などは未だに歴然と私の眼に残つてゐる。

時期的に考えて、続発した捌《さば》きのつきそうもない問題というのは、小枝子の妊娠、出産、そして里子問題だろう。花見のころ、すなわち四月に、画家の山本鼎《かなえ》から衣装を借りてI海岸に出かけたとある。これ、喪服ではないだろうか。ただの用事なら自分の服でかまわないし、その後姿がよほど悄然としていたからこそ、友人の目に焼きついたのだと思われる。賑やかな花見船との対比も痛々しい。I海岸は、稲毛海岸だろう。

「あゆむもさびし座らむも憂し」「耐へがたくまなこ閉づれば」といった言葉が、統一された色合いを持って迫ってくる。ラスト三首の、小枝子に懐疑心を抱きつつ、なんとか前を向こうとする様子も、葬式を機に里子問題と決別しようとした意志の表れではないだろうか。

同じ五月号に「机辺より」という随筆を牧水は書いている。その冒頭の段落に「川沿ひの桜の青葉は既に淡い黒みを帯びてゐる、大曲りの岸の或家では丁度子供か何ぞのお葬式の出る所であつた、」という一節がある。なぜ子どもの葬式だと思ったのか理由は書いていないが、そういうものに目がいくということに着目したい。その後、ふと思い立って友人宅を訪ねるのだが、そこでも牧水は「取散らした部屋に上ると、真中にまる〳〵と肥えた赤ちやんが寝かしてあつた、(中略)抱き上げれば人見知りもせずに元気よく僕の膝の上で踊つて居る。」と書く。さらにその友人と、別の友人のところを訪ねようということになり「鬼子母神の森を抜けやうとした所で、其処に住んで居るUA君が丁度子供を遊ばしてゐるのに出逢つた、」ともある。

マンションを探している時は、そこらじゅうのマンションが気になり、妊婦さんは大勢の人の中でも妊婦さんに目がいくという。この時の牧水は、知らず知らずのうちに子どもに目がいっていたように見える。

それは翌月の「創作」六月号の作品にも表れる傾向だ。「五月とわが鬱憂」と題された一連に、次のような五首がある。

昼《ひる》の湯《ゆ》にひとり入る身のさびしさに人妻《ひとづま》の乳児《ちご》を抱きゆくかな
をさな児のひとりしやぼんを身につけてあそぶ湯殿《ゆどの》の五月の昼かな
乳《ち》のみ児《ご》の匂ひのふとも夏の夜のほたるに似たるさびしさとなる
やはらかに腕《かひな》のなかにいだかれて泣くみどり児と湯のなかに居《を》る
日《ひ》滴《したた》る五月の松の葉がくれの湯殿にあはれみどり児の泣く

一首目。一人での昼風呂が寂しいので、人妻から赤ん坊を借りて抱いて入ったという。銭湯での場面だろう。

二首目では、そのおさな児がしゃぼんを付けて遊んでいる。この様子だと一歳くらいだろうか。まことに愛らしい光景だ。

三首目。乳のみ児独特の匂いをふと嗅げば、夏の夜の蛍のような寂しさを感じるという。

そして牧水の腕に抱かれて、泣く赤ん坊。四首目では、その柔らかさや生命力を、たっぷり味わっている。

五首目も、光と緑との取り合わせで、赤ん坊の命の輝きが伝わってくる。「あはれ

（ああ）」という感嘆は、泣かれて困るという感じではなく、生きていることを共に実感するようなニュアンスだ。

二十代の独身男性としては、珍しい行動であり関心の寄せ方であると言っていいだろう。牧水の心には、亡くなった里子のことが相当の比重を占めていたように思われる。そういう目で読むと、なんとも切ない五首だ。

「五月とわが鬱憂」には、さらに千葉の歌が十首登場する。これは市川に行っていた画家の山本鼎を訪ねて、四、五日滞在した折の作だ。ピックアップして読んでみよう。

下総の国に入日し榛《はり》はらのなかの古橋《ふるはし》わが渡るかな（以下十首市川にて）

ただひとり杉菜のふしをつぐことのあそびをぞする河のほとりに

町の裏河蒸気船《かはじようき》より降り立てば花火をあげて子供あそべり

下総の国から榛はら、そして古い橋へとだんだんフォーカスしてゆき、自画像へ収れんする一首目。下総という地名を、牧水はどんな思いで胸に響かせていたのだろうか。

二首目、杉菜の節をはずし、また元に戻し、どこがはずれているかの当てっこは、草遊びの定番だ。それを、男がたった一人でしている。世が世なら、逝ってしまった里子とこんな遊びをしたかもしれない。そして次の歌でも、花火で遊ぶ子どもに目がいっている。

このように、やや異様なほど子どものことを気にかけ、随筆や短歌にしている牧水。疑いはあるものの、どこかで自分の子どもだったと信じていたように見える。いや、信じたかったというべきか。

しかし、またしても大悟法利雄『若山牧水新研究』の爆弾発言を紹介しなくてはならない。推測の域を出ないとはいえ、関係者三人に会っている大悟法の言葉には説得力がある。

それにしても、その子ははたして牧水の子であったかどうかという疑問が残る。（中略）ただ私はその子供は牧水の子ではなかったと信じている。それはその子が生れた頃、小枝子は既に従弟と同棲していたし、その子を里子に出すときつれて行ったのがその庸三であり、また彼が苦しい中から無理をして養育費を出した事実があり、またその後二人の間には次々に子供が生れて、その一番上の子も里子に出しているということ、その他私の調べでわかった種々な事情からそう判断せざるを得ないのである。

大悟法は昭和十五年、赤坂庸三と園田小枝子の戸籍を調べに広島まで足を運んだ。そこで赤坂庸三の戸籍はすぐに見つかったが、園田姓のものはないと言われ、よくよく庸三の戸籍を見ると「妻サヱ」とあり「亡園田大介長女」という文字を発見したのだった。そうして知り得た住所をもとに、庸三と小枝子を訪ねていって、何度かインタビューをしている。小枝子のほうは、あまり具合がよくなく記憶もおぼろげだが、庸三は温厚な紳士で、牧水に対してはかなりの敬意を持っており、迷惑がらずに取材に応じてくれたと同書にある。

その時の小枝子は五十七歳で、脳貧血などに悩まされ、頭がぼんやりしていて大悟法はもどかしさを抱くが、それでもなお「私が想像していたよりは遥かに若く、ずっと若い頃にはどんなに美しかったろうかと思わずにはいられない。」と書かずにはおられない美しさだった。

小枝子の後半生について、同書は次のように記す。

戸籍上では大正七年十月に夫園田直三郎と協議離婚した上で、大正九年二月に従弟の庸三と結婚したことになっているが、これは届出だけのことで、牧水と別れてまもなく庸三と結婚して赤坂夫人となり、前半生の波瀾に較べてそれからは割合に平穏な生活を送り、更に数人の子供を産んだ。

小枝子が、庸三と結婚⁉　ちょっと待ってくれ、と言いたくなるような結末である。それがアリなら、牧水とだってアリだったはずだ。園田直三郎の戸籍上の妻であることが、この恋の最大のネックではなかったのか。「連れられて郷里へ帰るのだ相だ、それがお互ひの幸福には相違ないがね、」と書いていた牧水。彼女が夫と子どもの元へ強制送還されるということで、なんとか自分を納得させたのだろう。もし庸三と一緒になると告げられたら、どれほど傷ついたことか。小枝子が最後についた嘘の、優しさを思わずにはいられない。

調べてみると、当時の姦通罪は親告罪なので、小枝子の夫が訴えなければ問題にはならない。ならば、（しつこいが）牧水にもチャンスはあったということになる。小枝子が東京に出て五年、その前にも須磨での療養期間があったわけで、彼女は園田家の嫁としては、すでに過去の人だったのかもしれない。

つまり、最終的に小枝子の気持ちが、庸三に傾いたということになる。加えて、園田家との交渉をまとめるにも庸三のほうが有利だった。この二点が大きなポイントのように思われる。

一点目の小枝子の気持ちについては、妊娠出産という非常事態の中で、どちらがより親身になってくれたか、どちらがより具体的に行動をとってくれたか、そこが分かれ目だったのではないかと推察できる。預け先を探し、苦しいなかで養育費を払ってくれたのは庸三だった。彼が学校を辞め、職に就いたのも、もしかしたら小枝子との将来を見据えてのことだったかもしれない。かたや牧水は、そういう行動がとれなかったばかりか、雲隠れに近い形で旅に出たり、大酒を飲んだりしていた。

大正四年に牧水が発表した「若き日」という小説の中に、妊娠した女が親戚の監視の目を盗んで突然下宿に現れ、一緒に逃げてくれと主人公に迫る場面がある。ストーリーはフィクションだろうが、牧水と小枝子を彷彿とさせるシチュエーションだ。その女に対して、主人公は、こんなふうに思っている。

> 永い間噛みしむるやうに泣いてゐる彼女を途方に暮れて眺めてゐる間に彼は漸《ようや》くわれに返つたやうに自分の心のうちに愛憐の情の萌して来るのを感じた。そして、それと同時にその後から〳〵と湧いて来る憎悪《ぞうを》の念をも、どうしても払ひ除けることが出来なかつた。斯うした身体になつて以来、急に以前の従順な処女のやうな態度を棄てゝしまつた女を、彼は夙《と》うから意外にも感じ、醜くも面憎くも思つてゐたのであるが、斯うして取り乱した姿を見ると一層その感が強くなつた。

主人公の彼は、家の人の怒りを増すような行動はおさえて、いずれ相手が折れるのを待とうとなだめる。すると女は泣くのを止めて顔をあげるのだが、このあたりの描写は、なかなか迫力がある。

いつの間にか泣く事をやめてゐた彼女はやがて顔を上げた。そしてはつきりと彼を見た。その瞳には恨むといふより何だか気味の悪い冷たさが宿つてゐるやうに彼には感ぜられた。よく解りました、と一言云ひながら、急に彼女は立ち支度を始めたので、彼は惶《あわ》て、それを留めた。その態度を見て軽く笑ひながら、でも、斯うしてゐて若し見附かつたらあなたの折角のその計画も無駄になるぢアありませんか、と言ひすて、薬壜を取り上げた。彼も何ともよう言はなかつたが、それでもこのま、接吻《きす》ひとつ無しに別れるのが何とも云へず淋しかつた。

埒《らち》があかないと悟るや、泣くのを止めて、さっさと帰ろうとする女。せっかくなんだから、キスくらいしたかったなあと思う男。これまでの経緯を考えると、すべてが虚構とも思われない生々しさである。女が、男に兆した性欲を見くだして軽く笑い、皮肉を言っているあたりも、まことにリアルだ。牧水が、妊娠という現実を支えきれなかったのは確かだし、この程度の修羅場はあってもおかしくないだろう。自分の心を分析するのには長けている主人公が、切羽詰まった女の心情をまるで理解していないところも、印象に残る。

二点目の園田家との関りで言えば、そもそも小枝子が須磨に療養に来ていたのは、縁戚の赤坂家が神戸にあったからだ。病が癒えたあと、彼女は広島の園田家のほうへは帰らず、東京の庸三の下宿を頼って上京した。この流れを振り返ると、もしかしたら赤坂家のほうでは、彼女をいずれは嫁に迎えてもいいという考えがあったのかもしれない。本来なら、病の癒えた小枝子は広島に帰すべきだ。ある時点で、小枝子の異父兄とも話がついていたのに、牧水との恋愛が事態をややこしくした、というのが事の真相ではないだろうか。明治四十一年の夏、神戸と宮崎を何往復もした牧水の謎の行動は、赤坂家との交渉ではないかと第七章で推測した。その可能性は高いように思われる。が、牧水には情熱あるのみ。金銭や将来の展望を含む交渉が、その時にできるはずもなく、赤坂家では一蹴されたことだろう。

第一章で私は、牧水の存在が、小枝子の上京の決意を後押ししたのではないかというロマンチックな想像をした。この思いは、後の展開を知った今でも、変わることはない。神戸の赤坂家で偶然に出会った牧水に、その後小枝子は会いにいっているのだから。そして、二人は結ばれたのだから。

ただ、恋愛初期における小枝子のためらいは、既婚ということに尽きると思っていたが、もしかしたらそこに庸三の存在が、すでにあったのかもしれない。自分を東京へ出してくれた赤坂家の思惑を、ある程度は感じて。そうすると、根本海岸で庸三が一緒だったことも、単なるカモフラージュではなく、それなりの必然性があったように思われてくる。小枝子は、庸三の機嫌を損ねることなく旅を実行に移した。そして根本海岸における恋の勝利者は、牧水だったのだ。

ここからは「たられば」の話になってしまうが、牧水にもう少し生活力があったら。そして小枝子にもう少し牧水への執着があれば。展開は違っていたかもしれない。小枝子が文学に関心のある女性だったら、とも思う。石井貞子が、牧水を完全には袖にしなかったのは、歌人としての敬意があったからだろう。後に牧水の妻となる喜志子は、幼いころからの文学少女で、出会う前に歌人としての名声を知っていた。経済的な窮状は相変わらずだったが、「歌人若山牧水」を理解し、支えようという意志が喜志子には芽生える。そこが小枝子との大きな違いだった。

エピローグ　わすられぬ子

平成二十九年二月、宮崎県延岡市の内藤記念館で開かれた「若山牧水の生涯―歌人『牧水』誕生の地・延岡―」展に足を運んだ。南国宮崎も、二月はさすがに冷たい風が吹く。かつての藩主の名を冠する古い博物館は、延岡城の西の丸の跡地、小高い丘の上にあった。

牧水と親交の深かった延岡の実業家・谷次郎の孫である谷英巳氏から同館へ寄託された資料が、展示の中心だ。ケースの中に、喜志子夫人から谷次郎にあてた手紙があった。日付は、昭和三年十月九日。牧水が亡くなったのが九月十七日（享年四十三）であるから、およそ三週間後に書かれたものだ。

何と申しあげていいのか、私はただぢつとしてゐるより他ないやうな心持でをります。昨年あんなにお世話様になりましたのにそのお礼もできないうちにこんなことになつてしまひました。あんまりにあつけないことでまだ真実死なれたのではない心持でをります。

お酒のためだ、と云へばそれにちがひないかもしれませんけれど単にそれだけでかたつけてしまふのはあまりに気の毒なあの人の生涯でした。

一枚目には、こう書かれている。二枚目、三枚目は重なって展示されているので、読めるところを手帳に書き写した。柔らかな筆跡でしたためられた文面からは、たったこれだけでも、牧水への慈愛ともいうような情が伝わってくる。

どうせ先立つ寿命ではあつたでせうけれど、そんなに生きることに執着をもつてゐたかを考へますと今になつても諦めきらないものがあります。

これが二枚目。もう少し生きることへの執着を持ってくれたなら、と悔やんでいるように見える。死因となった病名は、肥大性肝硬変。節制すべきだった酒を、牧水は死の直前まで放さなかった。主治医の稲玉信吾による「若山牧水先生ノ病況概要」を見ると、警告に警告を重ねた節酒はほとんど実行されず、医者も大らかにならざるを得なかったようだ。九月十三日の往診の記録には「直ニ強心剤ノ注射ノ準備ヲスル間ニ先ヅ不取敢《とりあへず》先生ノ常備薬タル日本酒ヲ約一五〇cc、コップニ一杯ヲ進ズルニ忽《たちま》チ稍《やや》元気ヲ恢復セラレ、」とある。大真面目に書かれているのだが、不謹慎ながら笑みがこぼれてしまう。酒は、牧水の常備薬なのだ。亡くなる前日の食餌の記録を見ると、果物汁や玄米重湯以外は、ほぼ日本酒である。朝200cc、午前十時100cc、昼200cc、午後二時100cc、午後三時半100cc、夕200cc、夜間（三回）400cc……健康な人でも、これだけ飲めば具合が悪くなりそうな量だ。そしてこの病況概要の附記には、驚くべきことが記されている。十七日朝に亡くなり、葬儀は十九日にとりおこなわれたのだが、強烈な残暑にも拘わらず、屍臭はなく顔に一つの死斑さえなかったと。「（斯《かか》ル現象ハ内部ヨリノ『アルコホル』ノ浸潤ニ因ルモノカ。）」。つまり、体内のアルコールによる現象だったと推測されている。

牧水が体調を崩した直接の原因は、前年の朝鮮への揮《き》毫《ごう》旅行だ。詩歌雑誌の創刊と、沼津の家の新築などで借金がかさんでいた。返済のため、日本各地で開いた半切会（自詠自筆の半切や短冊を頒布する会）の海外版で、おのずと歓迎の酒をたっぷり飲まされることになり、疲労困憊しての帰国だった。

「お酒のためだ、と云へばそれにちがひないかもしれませんけれど単にそれだけでかたつけてしまふのはあまりに気の毒」という喜志子の言葉からは、詩歌や家族への愛情があったうえでの酒だと、かばう気持ちが感じられる。もちろん、生来の酒好きだから、始まってしまうとほどほどでは止められない。人づきあいのいい性格も一因だろう。東京から距離を置いて沼津に居を構えたのは、そういう理由も大きかった。それにしても、酒でそうとう苦労させられたはずの喜志子が、最後まで牧水の味方をするところには胸を打たれる。

手紙の三枚目は、次のようなものだった。

平生若いころのものに対してかまはなかつた人でしたので案外にいい資料が郷里に散逸してゐるのではあるまいかと考へるのでございます。

牧水関連の資料を、早いうちに集めておかなくてはという配慮である。牧水自身はマメではなかったようで、それゆえ散逸を心配している。悲しみの中にも、賢夫人ぶりが伝わってくる文面だ。

喜志子は、長野の旧家に生まれ、幼い頃から文学に関心を持って育ち、「女子文壇」という雑誌に詩や短歌を投稿していた。明治四十四年の夏ごろ、親族である太田水穂宅に身を寄せて文学を志そうとしていたところ、訪ねてきた牧水と出会った。とはいえ、お茶を出したくらいのことだったらしい。この一度の出会いをもって牧水は、翌年三月、帰省中の喜志子にプロポーズしに行く。背景には、太田水穂の勧めもあったようだ。明治四十四年三月に完全に小枝子と破たんした牧水は、以前にも増して酒を飲むようになっていた。酔って電車道に寝込み電車を留めてしまったり（この一件から「電留朝臣《でんとめあそん》」というあだ名がついたという）、お濠に飛びこんで泳いでいたところを、おまわりさんに見つかって叱られたりと、なかなか豪快なエピソードに事欠かない。後年の大酒の下地は、できあがっていたわけだが、さすがにこのままではダメだという自覚があったのだろう。失恋を恋愛で埋める迎え酒方式では、もう間に合わない。一発逆転の結婚を、と願った。プロポーズの時の様子を、長男若山旅人《たびと》が随筆『明日にひと筆』に綴っている。

僕を救ってくれ、とも言ったらしい。その上に、作品などで既に知っている事だろうが、恋愛に破れてからの生活は目を覆うばかりで、酒と女に崩れてしまって身体も汚れているし、果たして子供が生めるかどうかも判らない現在だ、とまで言ったらしい。乱暴な求婚だが、確かに正直な懇願だった。

これは後年私が成人してからの母の打ち明け話である。よくそれでO・K出来たね、と言うと、私はお父さんの眼に負けたんだよ、という事だった。あの澄んだ眼の持ち主に悪い人の居るはずは無いと思ったから、と答えた。求婚し、それを受けた両人は塩尻駅まで来て、その一人は東京に帰って行った。父は汽車の窓から近刊の『牧水歌話』を手渡した。扉には「今日の記念に四月二日、牧水。太田喜志様」と書いて、それが結納だった。

良家の子女だった母は、この一日でグヮンと叩きのめされた。そしてしばらくして母は柳行李一つを持って家出同様に牧水の元に走り、新宿の酒屋二階の六畳間で世帯を持ったのである。

まことにドラマチックな展開だ。長女みさきにも、両親の結婚について書いたものがあるので、一部引用してみよう。

最初牧水のプロポーズは喜志子にとって青天の霹靂《へきれき》だった。当時音に聞こえた飲んだくれの放浪歌人、恋の前科者でもある牧水との結婚、しかし喜志子はあえて牧水を選んだ。澄んだ黒い瞳の中に牧水の純真さを見たことと、過去のすべてを打明けて自分の再出発への協力を請う手紙に動かされたことの他に、歌人牧水を完成させてやりたいという、信濃の片隅にあって自らも詩魂を燃やしていた小さな閨秀《けいしゅう》詩人の自負心もあったのだ。心を決めると喜志子は家を故郷を出て上京、牧水との同棲にふみ切った。

（石井みさき『父・若山牧水』）

息子は柔らかく、娘はきびきびと。それぞれ文体は違うが、さすがの文章力である（牧水はこの結婚で二男二女に恵まれた）。みさきの「歌人牧水を完成」という言葉が印象深い。喜志子は牧水に寄り添い、生涯を支えたばかりでなく、没後も全集の編集に関わるなど、文字通り「完成」に貢献した。

ちなみに、このころ喜志子に思いを寄せた男性がもう一人いた。画家いわさきちひろの父、正勝だ。松本猛『いわさきちひろ　子どもへの愛に生きて』に以下のようなくだりがある。「一人だけ正勝が好きだった女性の名前がわかっている。太田喜志子という歌人であるが、この恋は実らなかった。喜志子は正勝を選ばず、若山牧水の妻になった。／私が、正勝の弟、今朝義の次男の昌弘から、ちひろの没後だいぶたったころに聞いた話がある。『正勝おじさんは、若山牧水と太田喜志子を争って負けたそうだよ』そう倉科昌弘は語った。」

長野県出身の正勝は、英語を学びながら文学を志していた。同郷の著名歌人である太田水穂を訪ねた折に、喜志子と顔を合わせたのかもしれない。同書によると「後に妻になる文江との往復書簡を見ると、女性の扱いには長けていた節がある。この間、縁談もあっただろうし、案外多くの恋愛経験もあったのかもしれない。」とのこと。そんな人物に牧水は勝利したのだった。

それにしても、当時の牧水から喜志子への手紙は、熱烈だ。ほんの一部だが、抜粋してみよう。

塩尻を立つて以来、私の心をすつかり占領してゐるのはあなたです、こちらに帰つてから一層ひどい。疲れ切つて電車の隅に坐つた時、ふとした拍子で眼のさめた夜半、もうツイ眼の前にでも在る様にあなたの影が心いつぱいに浮んで来ます、涙ぐましい心地になつて了ひます。（中略）海に行きませう、海を知らない人に海が語り度い、白砂の上、岩の端、あの蒼海の上に心を自由にひろげ度い、濁つた、ひがんだ、せせこましい、数年来の心をあなたの力で清く美しく柔くして頂き度い、一緒に死ぬる様な気持になつて見度い、あなたの心を充分に貪り度い、泣きたく、泣かせ度い。（中略）

私はあなたをまだ斧を知らず鋤《すき》を知らず、人間の足音をすら知らない処女地のやうなかただと思つてゐます、ですからこれからどんなにでも耕作し得らるると信じてゐます、私はそれを心ひそかに大いに矜つてゐます。どうです、甘んじて私に斧や鋤を入れさせますか、然しもう何と言つても許さない、あなたは私のものであらねばならぬのだ。噫《ああ》、我が愛する人よ。我が者よ。

四月六日、プロポーズから四日後に書かれたものだ。地方の文学少女が、新進気鋭の歌人からこんな手紙をもらったら、惚れてまうやろ！　とシンプルに思う。調子のいいことを言っていたり、強引だったりするところもある。が、すでに『別離』を読んでいた喜志子にとっては、自分が次のヒロインになるような気持ちがしたのではないだろうか。牧水にとっては大きな賭けだったこの結婚は、喜志子にとっては、それ以上の大博打だったはずだ。背中を強く押したのは、牧水の言葉の力だったのだと思う。

では、良き理解者たる妻を得て、牧水の心はリセットされたのだろうか。なかなかそう簡単には、いかなかったようである。別れた後も、牧水の心から小枝子が消えることはなかった。第十二章で引用した大正四年の小説「若き日」なども、その証の一つだろう。短歌とは違う方法で、恋愛を振り返り、見つめ直したものだった。

以下、小枝子を忘れきれなかったエピソードを並べてみる。

明治四十四年の作に「十月、十一月、相模の国をそこここと旅しぬ、歌三十一首。」という詞書を付した一連がある。その中に、次の二首。

相模《さがみ》の秋《あき》おち葉《ば》する日《ひ》の友《とも》が妻《つま》わすられぬ子《こ》に似《に》てうつくしき
縁《えん》がはの君《きみ》が真紅《しんく》のすりつぱをふところにして去《い》なむとおもふ

相模に訪ねた友人の妻が、忘れられない子、すなわち小枝子に似ているという。似て、美しいという。やはり彼女の一番の魅力は、美しさだったのだと改めて思う。とともに、次の一首に驚かされる。その友人の妻の赤いスリッパを、懐に入れて帰りたいというのだ。小枝子のスリッパではない。ただ似ている人のものである。しかも履物というのが倒錯した感じを与える。当時としてはお洒落なものというイメージだったのかもしれないが。

大正二年四月、平賀春郊（鈴木財蔵）あての手紙には、次のようなくだりがある。

直井を訪ふべく、島原へ行つたことは、報じたと思ふ、島原では、直井の代りに「別離」のヒロインそつくりの遊女深雪を見出した、僕は、近いうち、どうかして金を作つて、また島原へ渡らむことを希んでゐる、

これは、ひどい。この頃の状況はというと、前年に喜志子との結婚生活をスタートさせたものの、牧水は父が危篤となり宮崎へ帰って、その死を看取った。親戚一同の意向などあり、なかなか再び上京することができないなか、大牟田《おおむた》の歌会に招待され、長崎まで足を延ばした。そこで小枝子似の遊女に出会ったというわけだ。いっぽう喜志子は妊娠し、郷里に戻って五月に出産の予定なのである。五月三日付の喜志子あての手紙では、男児（旅人）の誕生をたいそう喜んではいるが、金を送るのは難しいと

書いている。小枝子に似た遊女のためなら「どうかして金を作って」と張りきっているのに。

歌集には収められなかったが、全集では読むことのできる遊女深雪の歌がある。

酒ゆゑにや旅なればにやはたまことにやこの妓の寝がほ似たり彼女に
島原の遊女深雪の笑顔にもわが初恋のおもひでの湧く
手をふりてこなた呼べるは深雪か否か船より見ゆる妓楼の二階に

酔っているから似て見えるのか、旅という非日常のせいか、はたまた真実似ているのか……この遊女の寝顔は彼女に似ていることだと、一首目は詠む。二首目では、深雪の笑顔を見ると、思い出が蘇るという。しかも「わが初恋の」ときた。甘さたっぷりだ。現実のゴタゴタがなくなったぶん、その思い出は大いに美化されているのだろう。

島原を去るとき、妓楼《ぎろう》の二階から手を振って呼んでくれる者がある。あの子は、深雪だろうか……と、三首目ではすこぶる別れを惜しむ。

ただ似ているというだけで、こんなにも思い入れることができるとは。小枝子の「見た目」の比重が、それほど大きかったことの証左かもしれない。

同じ大正二年に書かれた「遠き日向の国より」という散文にも、この深雪のことが出てくる。

たいへんに酔つて、たうとう宿屋でがまんができなくつて、例の灯のみ明るい狭い市街へ入りこみました。そして不思議に例の「別離」のヒロインそつくりの女を、そのなかに見出して、ひどく驚きました。上つてみましたら、その気質まで、そつくりでありました。（中略）

私は、（バカなことを云ひ出しましたが）どうしても「別離」のをんなを忘れることが出来ないのを、このごろになつてしみ〴〵さとりました。あの時分の自身を、まことにバカ〳〵しく、物足りなく、歯がゆく、身もだえて思ひ起します。私はそのころ、あまりに何をも知らなかつたのです。そして、一面から云ひますと、恋をする準備の出来てゐない愚かな若者にとつて、彼女はあまりに怜《さか》しくあつたのです。

問はれるのを恐れて、これから申します。その後、彼の女の生死すらわかりません。私は、こんど上京したら、全力をつくして、彼女のあとを探します。そして、よそながら幸福な生活裡にある彼女を発見せむことを畏れつゝ祈つてゐます。然し、恐らくさうでありますまい。

全集では「単行本未収録文」と分類されているが、誰かに向けた私信のように見える。とにかく、新婚早々の時期なのに、これほどまでに引きずっていたことがわかる。「上つてみましたら、その気質まで、そつくり」とあるが、一度の出会いでわかるものだろうか。なんとしても小枝子の代りを見出したいという前のめりな心の表れにも見える。

「あの時分の自身を、まことにバカ〳〵しく、物足りなく、歯がゆく、身もだえて思ひ起します。」という言葉には、今の自分なら、もう少しうまく小枝子とやれるのに、という気持ちがにじむ。つまり、この後悔は未練だ。恋の手練《てだ》れである小枝子に、してやられたということか。そんな相手なら、別れてよかったではないか。しかし牧水は、愚かだったと自分を責める。時を遡ることができるなら、という叶わぬ願望を隠そうともしない。

そして現在の彼女が幸せな生活をしていることを祈りつつ、たぶんそうではないだろうと心配している。別れた相手のその後を、どう願うか。幸せを願うタイプと不幸せを願うタイプとに分けるとしたら、牧水は前者だった。

また、大正九年二月の伊豆旅行で世話になった旅館の娘に、何かお礼の品を代理で送ってくれと友人に頼む葉書がある。

宛名は静岡県伊豆賀茂郡仁科村浜町鈴卯旅館方鈴木サヱ子（名がい、ネ）の君へだ、

という一節が目をひく。実際、具合が悪くて世話にはなったらしいが、チョコレートか、何だったら半襟を奮発しろ！　と妙に浮かれた文面からは、彼女の名前が「サヱ子」だったことの高揚が窺える。名前だけでこのありさまか、と驚かされるが、面差しも実は似通っていたらしい。

大悟法利雄が、その五十年後に、七十歳近くなった鈴木サヱ子さんを訪ねている。「面長だが豊頰で微笑を湛えた彼女の顔は、娘さん時代にはさぞ可愛かったろうと思われた。そしてその顔には私の知っている後年の小枝子の面影があった。」（『若山牧水新研究』）

同じ文章の中で大悟法は、「小枝子はたしかに生涯牧水の心の中にすんでいた。」と言う。「牧水の晩年六年ばかりをその膝下に暮らし、牧水自身から直接彼女について話をきいたこともある私は、自信をもってそれを断言することが出来るのである。」とも。

大悟法には性病のことまで打ち明けていたくらいだから、男同士、さまざまな話をしたことは想像できる。そんなエピソードの一つが、同書に出て来る年齢の話だ。

ここで私は、牧水と二人で伊豆のある温泉に泊ったとき牧水自身の口から聞いた一つの話を読者に伝えておきたい。

小枝子と恋愛に陥った当時、牧水は彼女の齢《とし》さえまったく知らず、初めて知ったのは節分の夜の豆撒きの時だったというのである。それは小枝子の下宿だったというが、豆撒きのあとではその撒かれた豆を自分の齢《とし》の数だけ拾って食べるという昔からの習慣がある。それでその時、牧水も小枝子もその習慣通りにそれぞれの齢の数だけの豆を拾ったわけだが、彼女の手にした豆を何気なしに数えた牧水は覚えずはっとした。彼の拾った豆よりも一つだけ数が多かったのである。

微笑ましい逸話だが、約二十年も前のことを弟子に話しているということ、そのこと自体は、非常に切なく感じられる。「それがねぇ君、その豆の数なんだが驚いたことに……」と話す牧水の脳裏には、恋が始まったころのまばゆい景色が映し出されていたことだろう。妻や子ども達には、こんな思い出話はできない。妻子のいない場面で、もっぱらの聞き役だったであろう大悟法の「小枝子はたしかに生涯牧水の心の中にすんでいた。」という断言は、説得力のあるものだ。

そして、最も身近にいた喜志子夫人も、そのことを感じていたのではないだろうか。

直接、小枝子に言及した言葉などはない。が、たとえば「病床に侍して」という献身的な記録を読むとき、私はなんとなく、小枝子のことがどこかで意識されていたのではないだろうかと思ってしまう。以下、ほんの一部だが抜粋で読んでみよう。

恰度《ちやうど》そのころは打ちつゞいての残暑が烈しく、人一倍多汗性の人に汗疹でも出来てはと時々薄いアルコホルの湯で身体を拭つて上げると、「あゝさつぱりした」と云つてはよろこんでゐた。

夜分になると相変らず下痢の回数が多くなる。私は便器をすゝめるが頑として肯かない。

（中略）

「どんなです、御気分は」

「だいぶらくになつた、さつきは辛かつた」

と甘えるやうな口調で云ふ。やがて便意を催したのでその手当をと思つてゐるうちに間に合はず衣類を汚して了つたのでその方の仕末をすると非常に恐縮がつて、

「えらい事の世話になるな、快くなつたらうんとお礼をするよ」しみ〴〵した口調で云はれたのにには私も閉口してしまつた。でも元気をつけて、

「さうですとも、うんとおごつて頂かなくつちや」と笑つてみせた。

（中略）

「だるいやうなことはありませんか」

「それはある、すこしさすつて貰はうか」

と云ふので気まかせに軽くさすると、「い、気持い、気持」と云つてよろこばれた。床に就くやうになつてからは大抵の時さうして静かに脚をさすつてゐたので手心もおぼえ他の人より私のさするのが一番安心らしかつた。（「創作」昭和三年十二月号）

追悼号のほぼ巻頭、主治医による病況概要に続く文章である。牧水を最後まで支えたのは自分だという強い自負が伝わってくる。そこには純粋な愛情に加え、心に巣くっているだけの女にはできない現実のあれやこれやを私はしたのだ、という意地のようなものが見てとれないだろうか。ここまで書くとは驚きだが、喜志子の女心のなせる業と思えば納得がいく。

同じ追悼号に平賀春郊（鈴木財蔵）も文章を寄せており、次のようなくだりがあって注目される。喜志子への気遣いからか名前は出していないが、文脈からいって、これは明らかに小枝子のことである。

大正何年かの秋の事では無かつたかと思ふ。或夕方若山君が如何にも嬉しさうな顔つきで訪ねて来た。

僕は今珍しいものを見て来た。これで重荷を卸した様な気がする。展覧会に誘はれて行つたが僕だけ入場しないで芝生に横になつてると向うから思ひがけないものがやつて来るぢやないか。アッと思はず跳ね起きかけたが幸にあちらは気がつかないで行つてしまつたよ。如何にも上品な確に中流以上の家のお婆さんらしいのと二人連れでね、僕は呆気にとられてそのうしろ姿を見送つて今君の所に飛んで来た訳さ。いつもどんなみじめな生活をしてるのかと今日まで心苦しい思ひをしつゞけた訳だがまアよかつた。これでまア僕も楽に死ねさうだ。

といひながら独りで非常に喜んでゐた。

偶然見かけた小枝子が、思いのほか裕福そうで、これで自分も死に際に思い残すことはないと喜んでいる。人違いではないかと平賀は言ったが、牧水は間違いないと言い張った。そして珍しく少量の酒で酔っぱらってしまったという。彼の心からの安堵を感じとった平賀は、同じ文章のなかで、こうも書く。

尤も此の事が無くとも若山君は其の為に心身を労し得るだけ労しぬいた事でもあつたし、その為に血の出るやうな金も使つてゐるのだから自身でも既に一つの安心は得て居たのだつたらうと思ふ。私はこの事について書き悪《(に)》くもあり書きたくも無いのであるが若山君が其事についてその後も真面目に心労を重ねて居たことだけは故人の為に明かにして置きたいと考へ、つひ筆が滑つてしまつた。そして君の安らかな往生も此の上野での安心が或は幽かながらも糸をひいてゐたのぢや無かつたらうか。その夜は今思ひ出してもほんと《(た)》うに月の明かな気持のいい晩であつたが。

里子の養育費のことなども、平賀には打ち明けていた。「血の出るやうな金」という激しい表現からは、就職していた庸三ほどではないにしても、牧水なりに工面していたことが窺われる。あの「五年来のをんなの一件も、とう〳〵かたがつくことになつた、連れられて郷里へ帰るのだ相だ、」という手紙も、平賀にあてたものだった。友人として、この恋愛を一番詳細に報告されていた彼の「心身を労し得るだけ労しぬいた」「その後も真面目に心労を重ねて居た」という言葉は重い。そして平賀は、小枝子の幸せを上野で確認できたからこそ、牧水は安らかに永遠の眠りにつけたのではなかったかと想像している。

大正二年には「そして、よそながら幸福な生活裡にある彼女を発見せむことを畏れつゝ祈つてゐます。然し、恐らくさうでありますまい。」と思っていた牧水だが、いい意味で予想ははずれたことになる。それにしても、上野で彼女の隣にいたのが庸三でなくて本当によかった。そう思うのは、私だけではあるまい。

まことに不思議な偶然だが、牧水が息を引き取った九月十七日は、小枝子の誕生日だった。いよいよ命の灯が消えるというとき、その脳裏に浮かんだ面影、思い出された風景……は、どのようなものだっただろう。

その日の様子を、娘が書いたものが残っている。以下、大悟法利雄『若山牧水新研究』から引用する。


例えばその長女岬子さんは次のように書いている。


私は、お父さんは世界中で、一番淋しくて〳〵ゐた人ではないかと思ふ。死ぬ二三時間前のあの瞳の表情など、思ひ出すと、私は胸をしめつけられるくらゐお父さんを、可愛さうに思ふ。

何もかも満ち足りた生活の中で、お母さんや、子供の私達から愛されてしかもやりばのない淋しさを、ひたひたと身に感じてゐた様なあの色々の様子。

私は悲しくてたまらない。


これは、昭和六年三月発行の沼津高等女学校の「校友会報」（第二十四号）に載っている「お父さんのこと」と題する文章の一節で、当時岬子さんはもう三年生になっていたけれど、書かれているのはまだ小学生だった時の印象で、十二三歳の少女の眼にも世界じゅうで一番寂しい人として映っていたのである。

亡くなる数時間前の瞳に、娘が忘れられないほどの寂しさを湛えていたという牧水。妻や子どもたちに愛され、満ち足りた暮らしの中でさえ、やり場のない寂しさを抱えていたように見える牧水。


幾山河《いくやまかは》越えさり行かば寂しさの終《は》てなむ国ぞ今日《けふ》も旅ゆく　（『海の声』）

心の旅は最期の瞬間まで続けられたが、寂しさのない国へは、ついにたどりつけなかったということか。

本書は「恋は、いつ始まるのだろうか」という素朴な疑問からスタートした。牧水の恋を追いかけてきた今は、もう一つの問いが心を占めている。

恋は、いつ終わるのだろうか。

［凡例と主な参考文献］

○若山牧水の短歌や散文、手紙は基本的に『若山牧水全集』（増進会出版社）を底本とし、短歌を初出の形で引く場合は文中に明記しました。その他の参考文献は引用のたびに本文中で示しました。
○引用文中、明らかな誤植は正し、短歌において繰り返し記号は用いずに表記してあります。
○漢字のルビは底本・初出誌に従ったほか、編集部でも補足し、（　）内に示しました。
○引用文中の省略についてのみ（中略）とし、（前略）（後略）は省きました。

若山喜志子　大悟法利雄共編『若山牧水全集』（昭和三十三・三十四年　雄鶏社）
大岡信　佐佐木幸綱　若山旅人監修『若山牧水全集』（平成四・五年　増進会出版社）
大悟法利雄『若山牧水伝』（昭和五十一年　短歌新聞社）
大悟法利雄『若山牧水新研究』（昭和五十三年　短歌新聞社）
森脇一夫『若山牧水研究―別離校異編―』（昭和四十四年　桜楓社）

森脇一夫『若山牧水研究―別離研究編―』（昭和四十四年　桜楓社）
谷邦夫『評伝若山牧水―生涯と作品』（昭和六十年　短歌新聞社）
佐藤緑葉『若山牧水』（昭和二十二年　興風館）
石井みさき『父・若山牧水』（昭和四十九年　五月書房）
若山旅人『明日にひと筆』（平成十七年　鉱脈社）
大岡信『今日も旅ゆく・若山牧水紀行』（昭和四十九年　平凡社）
伊藤一彦『牧水の心を旅する』（平成二十年　角川学芸出版）
伊藤一彦『若山牧水　その親和力を読む』（平成二十七年　短歌研究社）

「新声」明治三十九・四十二年
「八少女」明治四十一・四十四年
「創作」明治四十三・四十四年・昭和三年

解説

伊藤一彦

一

白鳥《しらとり》は哀《かな》しからずや空の青海のあをにも染まずただよふ

幾山河《いくやまかは》越えさり行かば寂しさの終《は》てなむ国ぞ今日《けふ》も旅ゆく

この二首を聞いたことのない人はまれだろう。短歌雑誌で愛誦歌のアンケートが行なわれることがあるが、きまって最上位にならぶ二首である。「白鳥は」とたとえば誰かが会話の途中などで口にすれば、「哀しからずや」の歌ですねと、誰かが後を続ける有名な短歌だ。だが、作者はと問われれば、若山牧水と答えられない人がいるかも知れない。そして、牧水の短歌だと知っていても、作者の牧水がどんな境遇で歌ったかになると、知っている人は少ないにちがいない。もっとも、一首の背景や作者の境遇についての知識がなくても、「白鳥は」も「幾山河」も読者の心に深くしみる。それこそが愛誦歌たる所以《ゆえん》だが、バックグラウンドを知れば、よりいっそう愛誦性が高まるのが名歌というものである。

詠み人知らずとなるほどの名歌を詠んだ若山牧水については、「旅と酒の歌人」のキャッチフレーズばかりが先行あるいは肥大して、一般の関心はそこで終わってしまっているように思うが、特に知られていないのは若き日の牧水の恋愛である。「運命の女」と言っていい園田小枝子との出会いと別れ。

そんな牧水の恋愛の全貌を明らかにした画期的な一冊が、俵万智の本書『牧水の恋』である。没後九十余年を経て牧水の恋はよみがえった。恋の歌を収めた『海の声』『独り歌へる』『別離』の歌集はいずれも明治四十年代の刊行であるが、小説では夏目漱石の『三四郎』や『それから』、森鷗外の『青年』や『雁』が書かれた時期であり、恋愛と青春が文学の主要なテーマとなった時期である。牧水の恋の歌も二十世紀初頭の重要な文学作品として位置づけることができる。

文学史上のそういった価値はともかく、恋愛離れがささやかれる今の若者は牧水の恋をどう考えるだろうか。俵万智が生々しくよみがえらせた恋からは、いつの時代も決して変わることのない人間の赤裸々な心と身体の熱い息づきが伝わってくると思うし、今の若者にこそ牧水の恋を知ってほしいと思う。二十代のときに牧水の恋を知って俳優の堺雅人は心動かされた。堺雅人と私の対談集『ぼく、牧水!』(角川oneテーマ21)を見てもらうと、彼の新鮮な牧水像が躍動しているのがわかる。牧水の恋愛と青春は、涸れることのない泉のように汲み尽くせないものをもっている。

若山牧水は明治十八年に宮崎県の今の日向市東郷町坪谷の山村に生まれた。父親は医師で、母親は士族の娘だった。幼少期は自然豊かな環境で育ち、中学時代は県北部の延岡でよき教師と友人に恵まれている。明治三十七年に早稲田大学に進学、福岡県柳川出身の北原白秋とは同級生だった。さらに白秋を通して岩手県盛岡出身の石川啄木とも知り合い、親交をもった。そして、大学三年生の夏に園田小枝子と出会ったのである。五年間の、身も心も激しく燃える恋愛が始まることになる。

牧水は若い日の短歌で自分の恋を歌っている。というより、ほとんどが恋の歌と言っていい。にもかかわらず、その恋の実際はベールにつつまれたごとくよくわからないことが多く、真相が見えないできた。歌集『別離』は版を重ね広く読まれ、読者はこれまでにない作者の大胆で率直な恋の心情の表現に興奮かつ感動した。しかし、おりおりの心情は伝わっても恋の具体的な経緯はわからないままだった。わからないままで読者を引き込む力をもっていたと言える。たとえば、恋の相手の女性が年齢は何歳くらいで、どんな家庭環境で育ち、何を生業《なりわい》としていたかなど、読者は知らないのである。いま私が記している園田小枝子という名前もなんと昭和五十年代になって知られるようになったのである。それまでは「某女」「某小枝子」などと書かれていた。彼女のことを決定的に明らかにしたのは牧水の高弟の大悟法利雄が総合雑誌「短歌」の昭和五十一年十一月号に発表した「牧水の恋人小枝子を追って」の長編評論である。この評論に先立ち「毎日新聞」十月十六日夕刊は紙面のほぼ半分を使って大悟法利雄の評論を記事にしている。「若山牧水の恋人―小枝子は人妻だった」の見出しで始まり、小枝子の写真を大きく掲載している。私はその記事のコピーをもっているが、牧水の恋の真相を明らかにする大悟法の徹底した調査による評論は、それだけのニュースバリューのあるものだったのである。なぜこの時期だったかといえば、小枝子や関係者が死去したことで発表がしやすくなったことが考えられる。

これで牧水の恋愛の相手の小枝子のプロフィルはもちろん、恋の発端、推移、終末がほぼ明らかになった。そして、伊藤整著『日本文壇史第17巻　転換点に立つ』（講談社文芸文庫）や川西政明著『新・日本文壇史第2巻　大正の作家たち』（岩波書店）でも、かなりのページをさいて牧水の恋愛について詳しく記述している。ベースは大悟法利雄の「牧水の恋人小枝子を追って」であり、この評論の貴重さがわかるというものである。

ただ、後に『若山牧水新研究』（短歌新聞社）に収められたこの評論に、説明として牧水の恋の歌が引かれているものの、それは傍証という感じである。恋愛の経緯は経緯として参考にしつつ、牧水の恋の歌をあらためて一首一首しっかりと読んでゆけば、さらにはっきりと見えてくる二人の恋の姿があるのではないか。当たり前のことながら、牧水は歌びとなのだから。歌びと俵万智の果敢な挑戦がここに生まれた。

『牧水の恋』の大きな特色と意義は、牧水の短歌を初出誌で年代を追って確かな鑑賞と批評で読みこんでいることである。それらの短歌の多くは後に歌集に収められたが、歌集では必ずしも年代順でなく、編集上の都合で虚構を取り入れた創作もおこなっているので、実際の恋の姿を知るにはやはり初出誌が貴重である。『別離』の「自序」で牧水は「歌の掲載の順序は歌の出来た時の順序に従うた」と書いている。しかし、それが嘘であることは今日明らかである。歌集を完成するための文学上の嘘である。その意味では、牧水は実際上の恋と、文学上の恋と、二つの恋を経験したことになる。俵万智は二つの恋のあいだをあざやかなステップで行き来している。

周知のように、俵万智は『サラダ記念日』『チョコレート革命』（いずれも河出文庫）で知られる恋愛の歌の名手である。さらに近現代の恋歌を鑑賞した『あなたと読む恋の歌百首』（文春文庫）という魅力的なエッセイ集もある。そんな彼女が本書では牧水の恋歌を深層まで入りこんで見事に読み解いている。散見する歌の鑑賞の本などで表面の字面を説明しただけのものがあるが、俵の読みは深く鋭い。また引用した作品にはかならず見解をつけてくれているのも読者にはありがたい。そして、これまで牧水の恋の歌はもっぱら牧水側からの読みが一般的であったのに対し、俵は牧水作品に小枝子の心を読みとり、小枝子側からの恋愛模様を描いているのも新鮮で重要である。

俵万智は牧水の恋愛に関して新資料を発見したわけではない。しかし、牧水の初出誌作品の徹底した調査と鋭く豊かな読みに加えて、たくさんの書簡や友人などの証言も活用して、牧水の恋をよみがえらせた。第一章から読み進むにしたがって読者はスリリングな展開に息を呑むはずである。

二

スリリングな展開も楽しみに本書を読む人には、以下に私が記す各章の内容の簡単な紹介と俵万智の読みのポイントはネタバレになるところがあるかも知れない。本文を読んだ後で味わうデザートとしてお読みいただければ幸いである。

第一章は「幾山河越え去り行かば」である。牧水と小枝子は明治三十九年の夏に神戸で初めて逢った。牧水が早稲田の三年生のときである。そして、通説では翌年の春に小枝子が上京して二人の交際が始まったことになっている。では、その恋は上京後に急に始まったのか。俵はそうではないと言い、前年の夏以降に交際は早くも始まっていたと主張する。その根拠になっているのは、明治三十九年後半から翌年にかけての牧水の短歌と書簡である。俵以外に通説に反した主張をした人がこれまで一人だけある。牧水の長女石井みさきである。その著『父・若山牧水』（五月書房）で、「私の想像」だと言いながら、明治三十九年夏以降に牧水と小枝子とのあいだに「何らかの接触（来訪、手紙）」などがあったのかもしれないと書いている。俵は説得力をもってそのことを証拠立てている。

牧水が小枝子をはっきり歌ったとわかっている作品は、「新声」明治四十年六月号の三十二首中にある。武蔵野の逢い引きを歌っており、俵万智が具体的に読み解いている。そして、牧水は小枝子の面影を胸に帰省を兼ねた旅に出て「幾山河」ほかの歌を詠んだ。

第二章は「白鳥は哀しからずや」。明治四十年後半の東京での二人の関係を追っている。三か月ほどのあいだに牧水は百首以上の作品を発表している。歌わずにいられなかったのだ。そのなかで俵万智は「夜のうた」十五首の連作をとりあげている。この一連で牧水は小枝子と「そひね」したことを歌っている。若い男女が同衾して性的な関係をもたなかったという不思議といえば不思議な一連で、牧水は彼女に対する一方的な行為を抑えている。後の牧水はともかくとしてこの時期の牧水はピューリタン的だったという友人の証言もある。しかし、俵は小枝子の「作戦」勝ちだったと言う。「夜のうた」に小枝子の寝ている姿ばかりが詠まれていることに注目して、「眠っている人には、手を出しにくい」ということをふまえた小枝子の「作戦」「巧妙な防衛策」だったと述べているのが面白い。では、牧水に好意をいだいていたはずの彼女はなぜ身を許さなかったか。じつは彼女には夫と二人の子供がいたのである。牧水にはそのことは告げていなかった。

人口に膾炙《かいしゃ》している「白鳥は」の歌も、この時期に詠まれた。牧水にとって悲しみとは何だったか、そしてこの一首は牧水自身にとってどんな意味があったかを、俵のペンは明らかにする。

第三章は「いざ唇を君」。明治四十一年の正月を牧水と小枝子は房総の根本海岸で過ごし、二人はついに身も心も結ばれた。俵万智は牧水の口づけの歌に注目している。歌集未収録の「天地に一の花咲くくちびるを君を吸ふなりわだつみのうへ」や、有名な「山を見よ山に日は照る海を見よ海に日は照るいざ唇《くち》を君」「ああ接吻海そのままに日は行かず鳥翔《ま》ひながら死《う》せ果てよいま」などを引き、韻律も分析して見事な鑑賞を書いている。口づけの歌でも牧水が高揚感を表わすのは海を舞台にしたときと指摘し、牧水にとって海が特別な場所だったことを言う。小枝子の瞳の中に海の干満を詠みこんだ一首などその読みにはっとさせられる。俵は根本海岸を自らも訪れ、フィールドワークもおこたっていない。

根本海岸の歌を見ると、牧水は一人の女性だけを登場させ、二人きりで過ごしたことになっている。『別離』の詞書きにも「女ありき、われと共に安房の渚に渡りぬ」と記している。ところが大悟法利雄によれば、小枝子の従弟《いとこ》が一緒だったという。俵万智はそのことを知って「椅子から転げ落ちるかというくらい驚いた」そうだ。従弟の赤坂庸三も同行してなぜ三人の根本海岸だったのか。このことについて「ずっとしつこく考え続けてきた」という俵の推論が興味深い。従来なされてきた牧水の側にたっての推測でなく、小枝子の側にたっての推測に説得力がある。彼女の「保身」の意味合いが強いと。宿の部屋割りまで具体的に想像していて、細かい。この評伝『牧水の恋』を俵が小説として書いたならば、根本海岸の三人をどう描いただろうか。今となっては事実はわからず、ドラマや映画に作ったら興味深い作品になるかなと思う。ちなみに堺雅人は牧水の映画に出演するならば、牧水の役でなく庸三の役をやりたいと『ぼく、牧水！』の私との対談で言っている。

第四章は間奏曲ふうの「牧水と私」。前半は、俵万智の高校生のときの牧水との出会い、早稲田での師となる佐佐木幸綱との出会い、牧水の故郷の宮崎県への移住が語られる。後半は、牧水作品から自作への影響にあらためて気づいたと語る率直な文章である。影響と言うよりも恋している二人の感性に豊かな共通項があると言うべきだろう。

白鳥は哀しからずや空の青海のあをにも染まずただよふ　若山牧水
空の青海のあおさのその間《あわい》サーフボードの君を見つめる　俵　万智

ともすれば君口無しになりたまふ海な眺めそ海にとられむ　若山牧水
「冬の海さわってくるね」と歩きだす君の視線をもてあます浜　俵　万智

第五章は「疑ひの蛇」である。根本海岸から帰った後の二人の関係を牧水の短歌と書簡から論じている。心身ともに結ばれて幸福な二人を想像するところだが、あにはからんや暗いトーンがただよい、俵万智はそのわけを追究する。小枝子の境遇への疑い、庸三との関係への疑いを牧水がもちはじめたことを指摘するのだが、一方で肉体的に結ばれる恋の山場を通り越し、共寝に馴れてきた恋の倦怠感も鋭く読みとっている。小枝子の方は「余裕しゃくしゃくで、優位に立っている印象を受ける。姦通罪ということを思うなら、罪を犯しているとは知らない牧水よりも、既婚者である小枝子のほうが慄《おのの》くべきところなのだが。一線を越えてしまったら、どこか吹っきれたのだろうか」と俵はつぶやく。そこで牧水はなんと「打開策」として結婚を考えるのだ。

第六章は「わが妻はつひにうるはし」。明治四十一年四月下旬に今の日野市の百草《もぐさ》園に牧水と小枝子は二人で泊まりがけの旅行をした。そのことを歌った十三首に俵万智は注目している。歌集『独り歌へる』の巻頭近くに「或る時に」の詞詰のもとにまとめられている一連で、秀歌が多い。俵は「根本海岸の時のような高揚感や、直接的な表現はない。が、日常を離れ、つかのまの幸せに浸る牧水の心情が、まことに余韻深く伝わってくる」と書いている。従弟の庸三を引き離した二人だけの空間と時間だったのだ。この一連について俵は重要な指摘をしている。ほとんどの歌に発表した初出誌がないことから、歌集を作るときに当時のことを思い出して新たに作歌したのではないかと。そして、「時間が経っているからこそ、映画を作るように客観的な目を持ちつつ、『幸福感』に特化して詠み、構成できたのかもしれない」。牧水が『独り歌へる』を編集したのは明治四十二年六月である。つまり一年二か月前のことを想起して作品化したのだ。しかも歌集編集の場所に選んだのは同じ百草園だった。ひとり百草園を散策しながら、牧水は幸せな記憶を蘇らせたはずである。実作者ならではの俵の指摘になるほどと思った。

庸三から小枝子を切り離す打開策としての結婚問題は進展せず、牧水は苦悩している。そんな牧水が小枝子を「わが妻」と詠んだ歌があることについて、俵万智は「『わが妻』と言葉にすることで、活字にすることで、現実のほうを引き寄せたかったのではないだろうか。言霊である」と言っているのが印象深い。

第七章は「わかれては十日ありえず」。牧水は明治四十一年七月に早稲田を卒業し、学友の土岐善麿《ときぜんまろ》と軽井沢にアルバイトに出かけた。ところが、小枝子から東京に帰って来てほしいという葉書が届き、牧水は帰京する。その間の二人のあやうい関係を俵万智は短歌、書簡、エッセイで浮き彫りにする。帰京したものの小枝子と無事に会えた様子はない。小枝子は親族の管理の下にあった。それでも、牧水は小さい家を構えて小枝子を待つ。そんな牧水の本気に対し、小枝子はどんな考えだったのだろうか。俵は自作の「気づくのは何故か女の役目にて　愛だけで人《ひと》生きてゆけない」を引いて小枝子の心としている。定職ももたず現実生活が不安定な牧水に対し、彼女はこれ以上前にすすめなかったのではないかと。小枝子びいきの読者には反論があるところかも知れない。

第八章は「私はあなたに恋したい」。年が明けて明治四十二年に牧水は房総の海岸に一人出かける。そして、房総に療養に来ていた石井貞子と知り合い、多くの手紙を出している。その牧水の心理の分析に俵万智のペンは容赦ない。小枝子との行き詰まった恋愛からの逃げ場を求め、恋のつらさを紛らわすために新たな恋を得ようとしていると言う。それはいわば「迎え酒方式」だと。みっともないほどの牧水の甘えとすりよりだが、俵は見事な深層心理の解釈を見せる。牧水の心を「安房」が大きく占め、安房にいまいる貞子と、安房でかつて結ばれた小枝子とが重なり、手紙を書いている貞子の向こうに小枝子の幻を見ていたのかも知れないと。逆にいえば、小枝子への激しい懸想はまだまだ続いていたのである。

第九章は「酒飲まば女いだかば」。俵万智は牧水が率直に「性の問題」を取りあげて詠んでいることを指摘する。

白粉《おしろい》と髪のにほひをききわけむ静かなる夜のともしびの色

あはれそのをみなの肌《はだへ》しらずして恋のあはれに泣きぬれし日よ

少年《せうねん》のゆめのころもはぬがれたりまこと男のかなしみに入る

酒飲まば女いだかば足りぬべきそのさびしさかそのさびしさか

詳しい鑑賞と批評は本文を見てもらいたいが、俵は根本海岸で小枝子と結ばれてから牧水の悩みはいよいよ深くなったと言い、次のように書く。「結ばれたことは、もちろん大きな喜びだが、心の問題だけでなく体の問題が絡むことの複雑さ、切なさ、抗いがたさ」「心と体は、切り離せない。まず心が惹かれあったから体の関係ができたと考えるのが自然なようだが、いやしかし体の関係ができたことではじめて心が確認されるとも言えるのではないか」「なにもかもがうまくいっていれば、どっちが先とか、どっちが重要とか、別に考えたり悩んだりすることはないだろう。だが、恋愛のどこかがほつれ始めると、案外このことが悩ましいテーマとなることが多い。まさに少年にはない男のかなしみとして」。これらの作品を引いて、ここまで踏み込んだ発言をした者はいない。

明治四十二年のこの時期、別れ話も出ていたと思われる。他の作品も引いて俵万智は「心が求めているのか、体が求めているのか、とにかく別れ話に際して千々に乱れる心を、牧水は詠み続けた」と言うが、そんな文章の合間に自作の「議論せし二時間をキスでしめくくる卑怯者なり君も私も」をさりげなく引いて論を補強（？）しているのもさすがだ。

第十章は「眼のなき魚」。牧水は明治四十三年一月に歌集『独り歌へる』、四月には先に出版した『海の声』と『独り歌へる』に新作をくわえ新しく編集した歌集『別離』を出版した。この『別離』によって牧水は注目を浴び、人気歌人となり、その点では幸福感にみたされた。だが、一方で小枝子の妊娠という思わざる事態が生じ、牧水は大きな苦悶を抱くことになる。大悟法利雄の資料によりながら俵万智はその牧水の苦悶を丁寧に読み解く。

この時期の代表作として「海底《うなぞこ》に眼《め》のなき魚《うを》の棲《す》むといふ眼《め》の無《な》き魚《うを》の恋《こひ》しかりけり」を引き、「シンプルな構造と、リフレインの生み出すリズムが心地よく、牧水らしい愛誦性に富む一首」と言っている。その上でさらにこの歌について「軽やかな思いつきで、ふっとできたような歌、それがとても多くの読者を惹きつけることがある。だが、その『ふっと』に行きつくまでには、かなりのジタバタやぐちゃぐちゃがあり、一瞬の上澄《うわず》みが歌になった時、思いがけずいい作品が生まれることがある」と実作者の体験を明かしている。

第十一章は「わが小枝子」。牧水はみずからが編集している「創作」（明治四十三年七月号）において「自選歌」を特集している。顔写真入りの十七人の各二十三首である。牧水も発表しており、二十三首の前に「小枝子を歌へる中より」の詞書きがある。じつは私はそのことに気づいていなかったのだが、俵万智は牧水がどうしてこの時点で小枝子の名前を詞書きにしてわざわざ明かしたのだろうかという疑問をいだく。その答えは、牧水のなかで小枝子とのことが終わったからだという考えになるほどと私はうなずく。そして、「『終わった感』を決定づけたのは、やはり小枝子の妊娠・出産だろう」と書く。気持ちのうえではかりに終わったとしても、里子に出した子供の養育費をどうするかなど現実の問題は続いており、牧水は逃れるように信州への旅に出かけている。「かたはらに秋ぐさの花かたるらく亡びしものはなつかしきかな」を初め名歌の生まれた旅だが、俵は名歌の奥のずたずたの生活と心を客観的に描き出している。

第十二章は「若き日をささげ尽くして」。小枝子が東京を離れ「連れられて郷里へ帰る」ことになったと、牧水は明治四十四年三月、親友の平賀財蔵あての手紙に書いている。俵万智は同月号の「創作」誌上の「啼かぬ鳥」の大作から恋の「総括」の歌として次のような作を引いている。

若き日をささげ尽くして嘆きしはこのありなしの恋なりしかな
はじめより苦しきことに尽きたりし恋もいつしか終らむとする

「ありなしの恋」「苦しきことに尽きたりし恋」。五年におよぶ紆余曲折のある恋愛に対し、俵万智は「なんと苦い総括だろう」と言う。そして、注目すべきは「啼かぬ鳥」の次の二首を引いての俵の指摘である。

わがために光《ひかり》ほろびしあはれなるいのちをおもふ日の来ずもがな
ほそほそと萌えいでて花ももたざりきこのひともとの名も知らぬ草

里子に出した子どもを歌った作ではないかと言うのである。「自分のために光を失ってしまったような、そんな哀れな命のことを、思う日が来なければいいが……。これは、里子に出した子どものことを、婉曲に詠んだものではないだろうか」。この二首を取りあげてかくなる発言をしたのは、俵万智が初めてである。「創作」の牧水短歌を一首残らず読みながら、里子に出した子どもの歌がどこかにあるのではないかという心が見つけ出した作にちがいない。「創作」五月号の「松風とわれと」の二十六首の後半についている「以下稲毛の海辺にて」の詞書きにわざわざ目をとめているのもそうだと思う。「稲毛」は小枝子の産んだ子どもを里子に出したところである。里子は結局は死んでしまうのだが、牧水が喪服を借りて里子の葬儀に出たのではないかという、諸資料を読みこんでの俵の推論は説得力がある。みずからも母親である俵が、はかなく世を去ったいとけない子どもを悼む心が伝わってくる。その里子は牧水とのあいだにできた子どもでなく、赤坂庸三とのあいだにできた子どもだったかも知れないのだが。

「エピローグ　わすられぬ子」。小枝子と別れた後、牧水は信州出身の太田喜志子と結婚した。健気な喜志子に支えられた生活をしつつ、しかし牧水の心にはいつまでも小枝子が棲み続けていたことを俵万智は書く。そして、別れた相手のその後の幸せを願うタイプと不幸せを願うタイプにわけるとしたら、牧水は前者だと言う。そのことを示す親友の平賀春郊（財蔵）の文章も紹介している。二人が別れた後、牧水が小枝子をたまたま見かけたときの印象的なエピソードである。では、小枝子は牧水のことをどう思っていただろうか。年老いた小枝子に大悟法利雄が直接に会って昔の牧水のことを尋ねる機会があったが、思うような答えは得られなかった。ただ、一度だけ沼津の駅で誰かを見送りに来ている浴衣姿の牧水を見たことがあると語ったという。しかし、そのとき小枝子がどんな気持ちだったかは聞き出せていない。

俵万智は「恋は、いつ始まるのだろうか」と書き出した本書を、「恋は、いつ終わるのだろうか」の一文で締めくくっている。

（若山牧水記念文学館館長）

明治40年夏の牧水。
帰省途中の下関にて
(写真提供・若山牧水記念文学館)

若き日の小枝子

一八三頁「黒の舟唄」作詞・能吉利人、作曲・櫻井順

初出　「文學界」二〇一七年五月号〜一八年五月号

単行本　二〇一八年八月　文藝春秋刊

ＤＴＰ制作　言語社

文春文庫

牧《ぼく》水《すい》の恋《こい》

定価はカバーに
表示してあります

2021年8月10日　第1刷

著　者　俵《たわら》万《ま》智《ち》
発行者　花田朋子
発行所　株式会社　文藝春秋

東京都千代田区紀尾井町 3-23　〒102-8008
TEL　03・3265・1211(代)
文藝春秋ホームページ　http://www.bunshun.co.jp
落丁、乱丁本は、お手数ですが小社製作部宛お送り下さい。送料小社負担でお取替致します。

印刷・大日本印刷　製本・加藤製本

Printed in Japan
ISBN978-4-16-791741-8

（　）内は解説者。品切の節はご容赦下さい。

直木賞物語
川口則弘

日本文学振興会非公認！　人気サイト「直木賞のすべて」を運営する著者が、その「直木賞オタク」ぶりを遺憾なく発揮した、エピソードで読む直木賞通史。文学賞は小説より奇なり!?

か-73-2

悪魔の勉強術
年収一千万稼ぐ大人になるために
佐藤　優

「平日3時間の勉強時間を確保せよ」「語学習得の最強メソッドとは？」。就活に、スキルアップに欠かせない勉強術には、近道があるのだ。その奥義を明かした極秘ゼミを紙上再現する。

さ-52-7

司馬遼太郎全仕事
文藝春秋　編

生誕九十年、「竜馬がゆく」連載開始五十年の節目に、国民的作家の作品世界へ誘う全作品ガイド。作品解説、読みどころ、特別企画を付した、親しみやすく面白い、日本人必携本！

し-1-250

上機嫌な言葉366日
田辺聖子

人生を愉しむ達人・お聖さんのチャーミングな言葉366。白黒つけない曖昧な部分にこそ宿るオトナの智恵が、硬い頭と心を解きほぐしてくれる。人生で一番すてきなものは、上機嫌！

た-3-58

あなたと読む恋の歌百首
俵　万智

満ち足りた恋、過ぎ去った恋、胸が焼かれるほど狂おしい恋。百人の歌人による百首の恋の歌に、俵万智流の解釈と鑑賞が添えられた、ユニークな短歌鑑賞かつ恋愛手引きの書。（野田秀樹）

た-31-5

愛する源氏物語
俵　万智

源氏物語に登場する七百九十五首の和歌は、登場人物の心の結晶。ときに恋のゆくえを左右する——千年の時を越え、「万智訳」で甦る愛の物語。第十四回紫式部文学賞受賞作。（東　直子）

た-31-7

オレがマリオ
俵　万智

東日本大震災から五日後、西へ向かいそのまま石垣島に住むことになる親子。豊かな自然、地域の人との触れ合いは、様々な変化をもたらした。新しい光に満ちた第五歌集。（松村由利子）

た-31-9

（　）内は解説者。品切の節はご容赦下さい。

小林秀雄
考えるヒント3
「知の巨人」の思索の到達点を示すシリーズの第三弾。柳田民俗学の意義を正確に読み解き、現代知識人の盲点を鋭くついた歴史的名講演「信ずることと知ること」ほかの講演を収録する。
こ-1-10

佐藤愛子
我が老後
妊娠中の娘から二羽のインコを預かったのが受難の始まり。さらに仔犬、孫の面倒まで押しつけられ、平穏な生活はぶちこわし。ああ、我が老後は日々これ闘いなのだ。痛快抱腹エッセイ。
さ-18-2

佐藤愛子
これでおしまい
我が老後7
タイガー・ウッズの浮気、知的人間の面倒臭さ、嘘つきについて。20年間「悟る」ことなき爽快な愛子節が炸裂する！　冴え渡る考察とユーモアで元気になる大人気エッセイ集。
さ-18-24

佐藤愛子
冥途のお客
岐阜の幽霊住宅で江原啓之氏が見たもの、狐霊憑依事件、金縛り体験記、霊能者の優劣……。「この世よりもあの世の友が多くなってしまった」著者の、怖くて切ない霊との交遊録、第二弾。
さ-18-13

佐藤愛子
孫と私のケッタイな年賀状
初孫・桃子の誕生以来20年、親しい友人に送り続けた2ショット年賀状。孫の思春期もかえりみず、トトロやコギャルはては晒し首まで、過激な扮装写真を一挙公開！　（阿川佐和子）
さ-18-32

酒井順子
女を観る歌舞伎
嫉妬する女、だめんず好きな女……歌舞伎に登場する女性たちには、時を越えた共感と驚きがある！　著者の分析・分類が冴え渡る、楽しい歌舞伎論。市村萬次郎氏との対談を特別収録。
さ-29-8

堺　雅人
文・堺雅人
大きな話題を呼んだ、演技派俳優の初エッセイ。文庫版では蔵出しインタビュー&写真、作家・宮尾登美子さんとの「篤姫」対談や、作品年表も収録。役者の「頭の中」っておもしろい。
さ-60-1